書下ろし

寝ず身の子

風烈廻り与力・青柳剣一郎㊿

小杉健治

祥伝社文庫

目次

第一章　復讐　9
第二章　七人の兄弟たち　88
第三章　島帰りの男　174
第四章　忠兵衛の言伝《ことづ》て　257

「寝ず身の子」の舞台
浅草寺
鳥越神社
吾妻橋
大川
天王町
浅草御門
米沢町
両国橋
新大橋
永代橋
富岡八幡宮
深川
北
西
東
南

不忍池
五條天神
三味線堀
本郷
上野元黒門町
神田川
大伝馬町
反物問屋『香取屋』
小川町
神田多町二丁目
江戸城
北町奉行所
三十間堀一丁目
足袋問屋『近江屋』
八丁堀
南町奉行所
南小田原町
菓子屋『鶴家』
数寄屋橋
築地本願寺
築地明石町
南飯田町

第一章　復讐

一

無地で茶の肩衣《かたぎぬ》に平袴《ひらばかま》の青柳剣一郎《あおやぎけんいちろう》は槍持《やりもち》、草履取《ぞうりと》り、挟箱持《はさみばこも》ちに若党《わかとう》の供《とも》揃《ぞろ》いで八丁堀《はっちょうぼり》の組屋敷を出た。

楓《かえで》川を渡り、川沿いを京橋《きょうばし》川に向かった。南町奉行所《みなみまちぶぎょうしょ》へは京橋川沿いをお濠《ほり》まで行き、比丘尼《びくに》橋を渡り、数寄屋橋《すきやばし》御門に出る道順をとっている。

春先は強風が吹くことが多かったが、各地の桜の花は散り、葉も青々としてきた今日この頃は、風もなく、穏《おだ》やかな陽気が続いている。

風烈廻《ふうれつまわ》り与力《よりき》の剣一郎は強風が吹き荒れる日は緊張を強《し》いられる。強風の日にひとたび火災が起きれば、風が火の粉を遠くまで飛ばし、大火事になるのだ。

明るい朝の陽射《ひざ》しを受け、剣一郎は京橋川に近づいた。いつもなら、そのまま右に折れるのだが、剣一郎は京橋川の向こう岸に人だかりを見た。

定町《じょうまち》廻り同心《どうしん》の只野平四郎《ただのへいしろう》の顔が見えた。平四郎は以前、風烈廻り同心として剣一郎の下にいた男だ。

川から死体を引き上げたところのようで、川っぷちに赤っぽい着物が見えた。女のようだ。

平四郎の厳しい顔つきからして殺しかもしれないと思った。そばに行っては気を使わせてしまうので、剣一郎はそのまま京橋川に沿ってお濠に向かった。

剣一郎は風烈廻り与力でありながら、定町廻り同心が手に余る難事件には特命で探索《たんさく》に乗り出すことがある。その場合でも、事件の探索の主役は定町廻り同心であり、あくまでも手伝いをするという立場だ。

数寄屋橋御門内の南町奉行所に着いた。今月は南町が月番《つきばん》で、正門は八の字に開いているが、通常の出入りは右手の小門を使う。

剣一郎の一行もその小門を潜《くぐ》った。

与力部屋の脇《わき》の部屋で、継上下《つぎがみしも》から着流しに着替え、与力部屋に向かう。

そこに、風烈廻り同心の礒島源太郎《いそじまげんたろう》と大信田新吾《おおしだしんご》がやってきた。

「青柳さま。これから見廻りに出かけてきます」

源太郎が挨拶《あいさつ》した。

「お子はどうした？」

三十半ばで、幼い子どもがいる。その子どもが、数日前から熱を出して寝ていると聞いていた。

「はい、おかげで熱が引き、元気になりました。とたんに、やんちゃになって」

源太郎は父親の顔になって苦笑した。

となりで、新吾がにやにやして聞いている。新吾は二十六歳の独り身だ。

「何がおかしい？」

源太郎が新吾に顔を向けた。

「お子の話になると、顔つきが変わるので」

「そなたも早く嫁をもらえ」

源太郎が言う。

剣一郎は微笑《ほほえ》みながらふたりを見ていた。

「では」

ふたりが頭を下げた。

「ごくろう」

剣一郎は声をかけて見送った。

新吾を見ていて、剣一郎は今朝見かけた只野平四郎のことを思いだした。平四郎が定町廻り同心に異動になったあと、新吾が風烈廻りにやってきたのだ。

京橋川で見つかった女の死体は殺されたのかもしれない。早く解決することを祈った。

「青柳さま」

見習い与力が敷居を跨《また》いで腰を落とした。

「宇野《うの》さまがお呼びにございます」

「あいわかった」

剣一郎は応え、すぐに立ち上がった。

年番方の部屋に行き、文机に向かっていた宇野清左衛門《せいざえもん》に声をかけた。

「宇野さま。お呼びでございましょうか」

清左衛門は裁許帳《さいきょちょう》を閉じて振り返った。

「ごくろう。また、長谷川《はせがわ》どのがお呼びなのだ」

清左衛門は渋《しぶ》い顔をした。

内与力の長谷川四郎兵衛《しろべえ》のことだ。もともと奉行所の与力でなく、お奉行が赴《ふ》任《にん》と同時に連れて来た自分の家臣である。

四郎兵衛はお奉行の威光を笠《かさ》に着て、態度も大きい。ことに、剣一郎を目の敵《かたき》にしている。そのくせ、何かあると剣一郎を頼るのだ。

清左衛門と共に内与力の用部屋の隣にある部屋に行くと、ほどなく長谷川四郎兵衛がやって来た。

「ごくろう」

剣一郎は低頭して迎えたが、四郎兵衛は軽く会釈《えしやく》をしただけだ。だが、清左衛門には一礼をした。

四郎兵衛も、奉行所一番の実力者である清左衛門には気を使っている。清左衛門は金銭面も含めて奉行所全般を取り仕切っている。清左衛門にへそを曲げられたら、お奉行とて何も仕事が出来ないのだ。

「去年、恩赦《おんしや》で三宅島《みやけ》から江戸《えど》に戻った『近江屋《おうみや》』の手代石松《てだいいしまつ》のことを覚えていよう」

四郎兵衛はおもむろに切りだした。

「はい。石松が何か」

七年前、石松は『近江屋』の内儀《おかみ》を手込《てご》めにしようとして主人に見つかり、主人を突き飛ばして怪我《けが》を負わせて逃げたという事件を起こした。石松は詮議《せんぎ》の場で、内儀に誘惑されたと訴《うった》えた。しかし、石松の言い分は聞き入れられず、遠島《えんとう》になった。

その石松が、去年恩赦で三宅島から江戸に戻ったのだ。

「先月、浦賀《うらが》に着いた船の船頭の話では、石松は『近江屋』の内儀に復讐をするつもりのようだと、浦賀番所《ばんしょ》の役人が訴えていたらしい」

「復讐ですって。逆恨《さかうら》みですか」

「石松は内儀から誘惑されたと訴えている。嘘《うそ》をついて、自分を見捨てたと恨んでいるらしい」

「どうして船頭がそのことを？」

「島役人が石松を雇っていた島の庄屋《しょうや》から聞いたそうだ」

島役人から流人船《るにんぶね》の船頭を介して浦賀番所に伝わり、そしてお奉行の耳に入ったということらしい。

「又聞きで、石松がほんとうに復讐をしようとしているかはわからない。だが、万が一ということがある。それに、石松は南町も狙《ねら》っている」

「南町ですと」

清左衛門が口を入れた。

「そうだ。間違ったお裁《さば》きだったことを詮議の場で訴える狙いもあるという」

四郎兵衛は苦い顔をし、

「お裁きに間違いがあったなどと騒がれたら、信用してしまう者がいないとも限らん。威信《いしん》に関わる」

と、言い切った。

「お裁きに誤《あやま》りがあったかもしれないとお思いですか」

「誤りはないはずだ。逆恨みからの復讐だ。ともかく石松の動きを封じ込めねばならぬ」

「なぜ、奉行所として正式に対応しないのですか。私より、そのほうが確かではありませんか」

剣一郎は疑問を口にした。

「石松が本気で復讐をする気なら奉行所を挙げてでも阻止《そし》するが、じつははっきりしないのだ」

「はっきりしないとは？」

「なにせ、三宅島の島役人から話を聞こうにもなかなかままならぬ。その島役人も庄屋から聞いたというが、石松が庄屋に本気でそう言ったかどうかはわからない」

四郎兵衛は息継《いきつ》ぎをし、

「そこで、青柳どのに調べを頼みたいのだ」

と、目を細めて見た。

その意味ありげな目の動きに、剣一郎は四郎兵衛の腹の内を察した。

「石松の動きを調べろということですが、それを知るには石松がほんとうに内儀を手込めにしようとしたのかどうかまで調べなければなりません」

「うむ」

「もし、その結果、石松の言い分が正しいとわかったら、どうなさいますか」

剣一郎は確かめた。

「そんなことはあってはならない。今さら真実はわかるまい。青柳どのが調べたという事実があればそれでよい」

「つまり、青柳どのが乗り出したという事実でもって、奉行所の裁きが間違っていなかったということを世間に知らせるということか。青柳どのの信用を利用して……」

清左衛門が表情を曇《くも》らせて言う。

「ともかく、石松が不穏な動きをしないか注意してもらいたい」

清左衛門の問いに答えず、四郎兵衛は剣一郎に言う。

「わかりました。復讐を許してはなりません。その恐れがあるなら、石松を思い止まらせなければなりません」

剣一郎は引き受けた。

「頼んだ」

四郎兵衛は腰を上げた。

「勝手な御仁《ごじん》だ」

四郎兵衛が部屋を出て行ったあと、清左衛門は吐《は》き捨てるように言った。

「長谷川どのが恐れているのは、石松が内儀に危害を加えたあと、お白州《しらす》で前の裁きが間違っていたから復讐したと吼《ほ》えられることだ。青柳どのが改めて調べたが、前の裁きに問題はなかったと、青柳どのの名声を使って……。このようなことでわざわざ青柳どのを使うとは……」

清左衛門は忌《い》ま忌ましげに言う。

剣一郎は若い頃に受けた左頬《ほお》の傷が微《かす》かに青痣《あおあざ》として残っている。それは武勇の証《あかし》であり、その後の活躍に江戸の人々は畏敬《いけい》の念を込めて、剣一郎を青痣与力と呼ぶようになった。

「今日にも、『近江屋』の主人夫婦に会ってみます」

剣一郎は清左衛門をなだめるように言った。

「うむ。ご苦労だが……」

清左衛門は複雑な顔で言った。

昼過ぎになって、剣一郎は三十間堀《さんじつけんぼり》一丁目の足袋《たび》問屋の『近江屋』に行った。足の形をした大きな屋根看板が通りを見下ろすように掲《かか》げられている。裏手に大きな土蔵がふたつ並んでいた。

紺の暖簾《のれん》をかきわけて土間に入ると、すぐに番頭《ばんとう》が近づいてきた。

「これは、青柳さま」

「主人に会いたい」

剣一郎は口にする。

それから、剣一郎は客間に通されて、主人の兵五郎《へいごろう》と差向かいになった。

「青柳さま。何か」

兵五郎は三十八歳で、目がつり上がり、鼻は高く、高慢《こうまん》な感じの男だった。

「手代だった石松が恩赦で江戸に帰ってきていることを知っているか」

「噂《うわさ》には聞いています」

兵五郎はたちまち表情を暗くした。

「逆恨みが気になるのだ」

「そうですか。いまだにここには現われません。石松もせっかく江戸に戻ったのですから、そんなばかなことはしないと思いますが」

石松が江戸に戻ったという話だけで、島役人の危惧《きぐ》までは聞いていないようだ。

「念のためだ。もし、変わったことがあったら、わしに知らせてもらいたい。自身番《じしんばん》に駆《か》け込めば、わしに伝わるはずだ」

「わかりました」

「石松が帰ってきたことで、内儀と話し合ったりしたか」

「はい」

「内儀は不安を覚えていないのか」

「気にはしていたようでしたが、きょうまで何もないので、やはり私と同じように、ばかな真似はしないと思っています」

「すまないが、内儀と代わってもらえぬか」

「わかりました」

兵五郎は腰を上げた。

さほどの危機感は見られない。兵五郎は本気で石松がばかな真似をするはずがないと思っているようだ。

「失礼いたします」

声がして、障子《しょうじ》が開いた。

内儀のお新《しん》が入ってきて、剣一郎と向かい合った。三十二、三歳で、しっとりとした色香が漂《ただよ》っている。

「石松のことだ」

剣一郎が切りだす。

「はい。わたしもうちのひとと同じで、石松が逆恨みをするとは思っていません」

お新は凜《りん》として答える。

「詮議の場で、石松は内儀から誘惑されたと訴えていた。そのことは承知しておるか」

「はい」

「そなたはどうなんだ?」

「私が誘惑したなどとは、とんでもない。あの男はいつも私をいやらしい目で見ていたんです。番頭さんにきいてもらえればわかります」

お新は眉《まゆ》をひそめたが、口元は笑っていた。

「そうか。いずれにしても、石松は島送りになったことを恨んでいないとも限らぬ。十分に注意をするように」

「わかりました」

お新も怯《おび》えている様子はなかった。

兵五郎とお新の様子からも、やはり石松が内儀に襲いかかったのはほんとうなのかもしれない。当時の吟味方《ぎんみかた》与力の取調べも間違っていなかった。

島では周囲に自分は陥《おとしい》れられたと吹聴《ふいちょう》していたが、石松自身も自分がやったことを弁《わきま》えているのではないか。はじめから、復讐など考えていなかったのかもしれない。

「青柳さま。なぜ、青柳さまは石松が復讐すると心配なさったのですか。何か、そのような兆候《ちょうこう》があったのでしょうか」

お新は小首を傾《かし》げて、横目で剣一郎を見た。

「いや、そうではない。ただ念のためだ」

「そうですか」

「では、わしはこれで」

剣一郎は立ち上がった。

「番頭さんから話は？」

「いや、そこまでは要《い》らぬ」

番頭にきいたところで、内儀の言うように答えるだろう。

『近江屋』から奉行所に戻ったとき、只野平四郎が帰って来るのといっしょになった。

「青柳さま」

平四郎が近寄ってきた。

「お出かけでしたか」

平四郎がきいた。

「うむ。それより、今朝方の京橋川での騒ぎはなんだったのだ？」

「殺しです。匕首《あいくち》で心ノ臓を一突きされて、川に投げ込まれたようです」

「やはり、殺しだったか。身許はわかったのか」

「はい。木挽町《こびきちょう》一丁目で『笹《ささ》の葉《は》』という呑《の》み屋をやっているおさきという女です。昨晩、店を閉めたあと外出し、そのままに」

「酷《ひど》いことだ」

剣一郎は呟《つぶや》き、

「早く下手人《げしゅにん》を見つけ、無念を晴らしてやることだ」

と平四郎を励《はげ》まし、母屋の与力部屋に戻った。

その夜、剣一郎は夕餉《ゆうげ》のあと、濡縁《ぬれえん》に出て庭を見ていた。

庭の草木も丈が伸び、木々の葉の緑も濃くなってきた。なにより、夜風が暖かい。夏が近いことを肌身に感じる。季節の移ろいの早さに驚くばかりだ。

暗がりから影が現われた。太助《たすけ》だ。

「来たか」

剣一郎は腰を上げた。

太助はふた親が早死にし、十歳のときからシジミ売りをしながらひとりで生きてきた。

神田《かんだ》川の辺《ほとり》でしょぼんと川を見つめていた太助に剣一郎は声をかけたことがあった。寂《さび》しくなってふた親を思いだしているのだと、太助は答えた。

「おまえの親御はあの世からおまえを見守っている。勇気を持って生きれば、必ず道は拓《ひら》ける」

剣一郎はそう言った。太助はその言葉が励みになったと、剣一郎に恩誼《おんぎ》を感じていた。今、太助は猫の蚤《のみ》取りをしながら剣一郎の手先として働いている。

「上がれ」

庭先に立った太助を促《うなが》す。

「へい」

濡縁に上がり、太助は部屋に入った。

部屋で差向かいになってから、

「飯は食ったのか」

と、確かめる。

「へえ。逃げた猫を探してやった隠居《いんきょ》の家で、ご馳走《ちそう》になってきました」

太助はさわやかな表情で言う。

「そうか。そなたに頼みがある」

「へい。なんでしょう」

太助は身を乗り出した。剣一郎の手助けが出来ることに喜びを見出しているのだ。

「去年、恩赦で三宅島から江戸に戻った石松という男がいる。『近江屋』の手代だった男で、七年前に『近江屋』の内儀を手込めにしようとして……」

剣一郎は詳細を語った。

「石松は復讐を企《たくら》んでいると、島役人が言っていたそうだ。まだ、そのような兆候はない。このまま何事もなければいいが、念のために警戒しなければならない」

「その石松って男を見つけ出すんですね」

「それもそうだが、内儀だ」

「内儀？」

太助は不審げな表情をした。

「石松は内儀に誘惑されたと言い張っていたのだ。罪を逃れるために自分に都合のよいように訴えるなら、島送りになった時点で、その意味もなくなる。なのに、島に行ってからも、このことを口にしていたようだ」

「石松はほんとうのことを言っているかもしれないのですね」

「わからん。だから、そのことをもう一度調べたい。しかし、七年前のことを調べるのはほとんど無理だ。そこで、内儀のことを知りたいのだ」

「内儀ですか」

「あの内儀には男を誘い込むような色香がある。あの色香につられて言い寄る男がいるかもしれない。内儀の評判を聞いてくるのだ。だからと言って、石松の言い分が正しいとはならないが」

「わかりました。探ってみます」

「うむ」

ふと、剣一郎の脳裏《のうり》に何かが浮かんだ。だが、それが何かわからない。

そこに妻女の多恵《たえ》がやってきた。

「太助さん、いらっしゃったのですか」

多恵はにこやかに言う。

「へい」

剣一郎は立ち上がって濡縁に出た。

さっき一瞬脳裏を過《よぎ》ったものが何か気になった。太助と話していて思い浮かんだのだ。石松のことだ。

石松の言うことがほんとうだったとしても、せっかく江戸に戻れたのだ。復讐を考えるだろうか。江戸に着いてから数カ月、いまだに石松は行動を起こしていない。

しかし、石松を雇っていた島の庄屋が島役人にいい加減な話をしたとも思えない。

部屋から多恵と太助の笑い声が聞こえる。

出来ることなら、庄屋から話を聞いてみたいが、三宅島ははるか海のかなただ。石松の狙いは別のところにあるのではないか。

夜空に叢雲《むらくも》が張り出してきた。剣一郎は雲の動きをじっと見つめていた。

二

南町の定町廻り同心植村京之進《うえむらきょうのしん》は八丁堀の屋敷から神田多町《たちょう》一丁目にある、しもたやに駆けつけた。自身番の者が知らせにきたのだ。

家の前に提灯《ちょうちん》を持った町役人が待っていた。四つ（午後十時）を過ぎている。

潜《くぐ》り戸から土間に入ると、手札を与えている岡《おか》っ引《ぴ》きの房吉《ふさきち》が待っていた。

「こっちです」

部屋に上がって居間に行くと、三十半ばと思える小肥《こぶと》りの男が縄《なわ》で縛《しば》られていた。首にかかった縄は背中で後ろ手の手首に巻きつけられ、そしてさらに足をぐるぐる巻きにしてあった。

「旦那がみえるまでこのままにしておきました。亭主の益次郎《ますじろう》です」

胸元に血が滲《にじ》んでいる。顔は腫《は》れ、唇から血が流れていた。

「まるで、拷問《ごうもん》されたようだな」

京之進は厳しい目を死体に向けた。益次郎は三十四歳。大伝馬町《おおてんま》にある反物問《たんもの》屋『香取屋《かとりや》』の通い番頭だという。

「妻女は？」

「猿《さる》ぐつわをかまされて押し入れに閉じ込められていましたが、怪我はしていません。少し放心していました。いま二階で休んでいます」

房吉が答える。

「他にひとは？」

「ふたりだけです。事件が起こったのは、近くに住む通いの婆《ばあ》さんが帰ったあとです。騒ぎを知って駆けつけ、いま女房に付き添っています」

「賊《ぞく》はひとりか」

「ええ、女房はひとりだったと言っています。頬被《かぶ》りをして顔はわからなかったようですが、細面で顎《あご》が尖《とが》っていたそうです。二十四、五歳ぐらいの細身の男だと言っていました」

「ひとりでふたりを縛り上げたのか」

京之進は縛ってある縄の結び目を見た。縄の縛り方に馴《な》れは感じられない。

京之進は詳細に死体を検《あらた》めてから、

「よし、ホトケを楽にしてやるのだ」

町役人に言い、

「妻女に話を聞こう」

房吉とともに階段を上がった。

「入るぞ」

京之進が障子を開けて敷居の手前で声をかける。

「どうぞ」

三十歳ぐらいの女がふとんに横たわっていた。

「具合はどうか」

京之進は腰を下ろしてきいた。

「はい。なんとか」

妻女は起き上がった。婆さんが羽織を着せ掛けた。

「賊が押し入ったときの様子をききたい」

「はい。夕餉のあと、うちのひとがお酒を呑んでいると、五つ半（午後九時）ごろに頬被りをした男が部屋に踏み込んできて……」

青ざめた顔で言う。

「賊はひとりだったのか」

「ひとりでした。いきなり匕首の柄《え》でうちのひとの頭を殴《なぐ》りつけ、そのあとに私を縛って猿ぐつわをかませて。それから亭主も」

「賊はそれから何をした？」

「私の着物の裾《すそ》をまくり、正直に答えなければ私を手込めにすると。そして、私を押し入れに閉じ込めて」

「賊が亭主に何を言ったのか聞いたか」

「いえ、聞いていません」

どうやら、聞かれたくないから妻女を押し入れに入れたようだ。

「賊が亭主に何をききたかったのか、心当たりはないか」

「ありません」

「盗まれたものはないか」

「いえ、なにも……」

妻女は首を横に振った。

「亭主は『香取屋』の通い番頭だそうだな？」

「はい。去年から通いになって、いっしょに住むようになったんです」

「店のほうで揉《も》め事は？」

「いえ、なかったはずです」

「亭主は賊を見たとき、なにか叫《さけ》んだか」

「いえ、最初はきょとんとしていました。まったく心当たりはないようでした」

言葉を切ってから、

「なんでこんなことに……」

と、妻女は嗚咽《おえつ》をもらした。

「親分」

房吉の手下が敷居の前から声をかけた。

「『香取屋』の主人がやってきました」

「わかった。旦那、どうします？」

「会ってみよう」

京之進は腰を上げた。

ホトケは奥の部屋に移されていた。羽織を着た大柄な男がホトケの顔を覗《のぞ》き込んでいた。

男が振り返った。四十過ぎのようだ。『香取屋』の主人であろう。目が大きく、睨《にら》みつけるような鋭さがあった。

「『香取屋』の主人か」

京之進が確かめる。

「はい。『香取屋』の藤右衛門《とうえもん》です」

「南町の植村京之進だ」

「ごくろうさまにございます」

藤右衛門は頭を下げてから、

「いったい、誰がこんなことを？」

と、きいた。

「下手人はこれからだ」

京之進は言ってから、

「下手人は益次郎から何かをきき出そうとしたようだ」

「きき出す？」

藤右衛門は不審そうな顔をした。

「そうだ。そのために下手人はこの家に押し入ったのだ」

「………」

「何か心当たりはあるか」

「いえ」

藤右衛門は首を横に振った。

「『香取屋』に何かないか」

「何かと仰《おつしや》いますと」

「『香取屋』にとって特別なことだ。たとえば、土蔵にいつもより金があるとか、店の者が行楽に出かけてひとが少なくなるとか」

「まさか、押込みが？」

藤右衛門を顔色を変えた。

「いや、思いつくのをあげたまでだ。何か、ないか」

「わかりません」

「益次郎が知っている何かを喋《しゃべ》らせようとしたのだ。『香取屋』のこととは限らんが」

「賊はきき出したのでしょうか」

「わからない。口を割ろうとしなかったから殺したのか、きき出して用済みになったからか」

京之進は首をひねってから、

「明日、念のために奉公人《ほうこう》から話を聞いてみたい」

「わかりました」

藤右衛門は答えてから、厳しい顔でしばらく考え込んだ。

「何か」

京之進は声を掛けた。

「いえ。ただ、何をきき出そうとしていたのか気になりまして」

藤右衛門は表情を曇らせた。

翌日、京之進は大伝馬町にやってきた。反物問屋が多く、瓦屋根《かわら》の間口の広い大店《おおだな》が並んでいる。

その中にひときわ目立つ金文字の屋根看板の大店が『香取屋』だった。まだ朝早く、奉公人は店の掃除をしていた。

番頭が死んでも店は通常通り開くようだ。益次郎の死が奉公人たちにさしたる影を落としているようには見えない。

店座敷の端に一番番頭の与之助《よのすけ》を呼びよせて、自分は土間に立ったまま、京之進は切りだした。

「下手人は益次郎から何かをきき出そうとしていた。心当たりはないか」

「いえ、ありません」

与之助は沈んだ声で言う。三十六歳で、いずれ暖簾分けを許されることになっているようだ。

「益次郎に何か変わった様子は？」

「いえ。気がつきませんでした。二番番頭として真面目に仕事に励んでいました。旦那さまが通いを許したのも働き振りを認めていたからです」

「番頭は何人いるのだ？」

「全部で三人です。あとひとりは松太郎《まつたろう》という男です」

「松太郎も通いか」

「いえ、まだ住み込みです」

「松太郎は幾つだ？」

「三十四でございます」

「益次郎と同い年か。それで、益次郎は通いを許されていたのか」

「まあ」

「それはどうしてだ？　なぜ、益次郎だけが通い番頭なのだ？」

「益次郎は所帯を持ちたい女が出来たからだと思いますが……」

与之助の声が小さくなった。

「ふたりの仲はどうなのだ？」

「それなりにうまくやっていたと思います」

「それなりに？」

「ええ、まあ」

与之助の歯切れが悪くなった。

「何かあるのではないか」

「いえ、そのようなことは。ただ……」

与之助は言いよどんだ。

「なんだ？」

与之助は店座敷の真ん中辺りに目を向けた。そこには、主人の藤右衛門が立っていて奉公人たちの動きを見ていた。

顔を戻してから、与之助は声を潜《ひそ》め、

「私が暖簾分けをしてここから出ていけば、ふたりのうちのいずれかが一番番頭になります。そういう意味ではふたりは競争相手ですので」

と、話した。

「そなたから見てどうだったのだ？」

「さあ。ただ、松太郎は益次郎が……」

与之助が言いさした。

「このことは松太郎からお聞きください。私がいい加減なことを言っても……」

「あいわかった」

京之進は頷《うなず》き、

「すまぬが、松太郎を呼んでもらいたい」

「はい。いちおう、旦那さまにお伺いして」

与之助は立ち上がって、藤右衛門のところに行った。

与之助が一方的に話し、藤右衛門は黙って聞いている。長くかかっているのは、今きかれたことを話しているのに違いない。

ようやく、藤右衛門から離れた与之助は、壁際の箪笥《たんす》の前にいた男に近づいた。与之助が声をかけると、ふたりはこっちに顔を向けた。

中肉中背の男がやってきた。

「松太郎です」

その場に腰を下ろした。

「益次郎にどこか変わった様子はなかったか」

与之助にきいたのと同じことを口にする。

「いえ、そんな感じはありませんでした」

「益次郎と同い年だそうだな。そなたと益次郎の仲はどうだったのだ」

「どうと仰いますと？」

「同じ年齢で、同じ番頭だ。与之助が暖簾分けをして出て行ったら、ふたりのうちのいずれかが一番番頭になるそうだな」

「…………」

「そうだとしたら、ふたりは好敵手ということになる」

「旦那。まさか、私が一番番頭になりたいために益次郎を殺したと？」

松太郎の顔色が変わった。

「そうではない。今は、考えられることはひとつずつ潰《つぶ》していかねばならないのだ」

「一番番頭になるのは私です」

「なぜ、そう言い切れるのだ？　番頭としての力は自分のほうが上だと思っているのか」

「いえ、そうではありません」

「では、根拠を教えてもらおう」

「私が生《は》え抜きの男だからです」

「生え抜き？　益次郎は生え抜きではないと言うのか」

「はい。益次郎は十年前に『香取屋』の奉公人になったのです」

「十年前だと」

「はい。十年前まで、ここは『大黒屋《だいこくや》』という反物問屋でした。『大黒屋』が不始末を引き起こし、闕所《けっしょ》になったのです」

「闕所？」

「はい。競売にかけられた『大黒屋』をうちの旦那が競《せ》り落として、ここに『香取屋』を開店させたのです。そのとき、うちの旦那は仕事を失った『大黒屋』の奉公人を引き取りました。その中に、益次郎がいたのです」

「そうなのか」

「はい。ですから、旦那は私を一番番頭にするはずです」

松太郎は自信に満ちていた。

「藤右衛門から言われたのか」

「それとなく」

松太郎は認めた。

「わかった。ごくろうであった」

京之進は益次郎が闕所になった『大黒屋』の奉公人だったことに引っ掛かった。十年前のことが今に影響しているとは思えないが、藤右衛門から話を聞くのはそのことを調べてからだと思い、『香取屋』を引き上げた。

京之進は奉行所に戻ると、十年前の『大黒屋』が闕所になった件について、当時取調べに当たった同心や吟味方与力から話を聞いた。

事件の端緒《たんしょ》は、『大黒屋』で反物を買った客が、ひとから盗品ではないかと言われたと奉行所に訴え出たことで、それを受けた当時の定町廻り同心が探索をはじめた。

すると、上州高崎《じょうしゅうたかさき》の織物問屋が押込みに襲われ、反物が盗まれていたことがわかった。

『大黒屋』で売られていた反物が強奪《ごうだつ》されたもののひとつだとわかり、奉行所は『大黒屋』に行き、蔵を調べた。

果たして、蔵に強奪された反物が保管されていた。このことから、『大黒屋』の主人忠兵衛《ちゅうべえ》が盗品と知りながら仕入れ、安く売ったのだとされた。

忠兵衛は遠島、家、店など財産はすべて没収となった。

闕所になった店や土地を競売で買い取ったのが『香取屋』の藤右衛門であった。

事件の発端《ほったん》となった反物を買った客は深川門前仲町《ふかがわもんぜんなか》の料理屋『川角家《かわすみや》』の女中

おさきだ。おさきに応対して盗品の反物を売ったのが益次郎だった。『川角家』の客にたまたま高崎から来ていた織物商の男がいて、おさきが反物を見せたところ、高崎の織物問屋から盗まれたものだと判明したのだ。

調書《しらべがき》には記されていないが、益次郎は『香取屋』が競売で『大黒屋』を手に入れたあと、すぐ奉公が決まったようだ。

益次郎殺しが十年前のこの事件に関わっているかどうかはわからないが、当時、『大黒屋』の主人忠兵衛は身の潔白《けっぱく》を訴えていた。

ある日、二千石の小普請の旗本大門隼人《はたもとだいもんはやと》の家来が文《ふみ》を持って仲買人《なかがいにん》の男と共に『大黒屋』を訪れた。手違いで余分に反物を仕入れてしまった。なんとか引き取ってもらえないかという話であった。大門さまの口添《くちぞ》えもあったので、忠兵衛は荷を引き受けた。

しかし、大門隼人の家来と仲買人に会ったのは忠兵衛以外には益次郎だけで、話を取り次いだその益次郎は忠兵衛の言い分を否定したのだ。

もし、忠兵衛の言い分が正しければ益次郎が嘘をついたことになる。ひょっとしたら、大門隼人の家来と仲買人の男の仲間だったかもしれない。

京之進は唸《うな》った。家来と仲買人の男はその後行方がわからなくなっている。下手人が益次郎を拷問したのは、そのふたりのことを聞き出そうとしたのではないか。

待てよ、と京之進は考えた。高崎の織物問屋に押し入った盗賊も仲間ではないか。だとしたら、大がかりな一団が『大黒屋』乗っ取りを企んだことになる。

益次郎から反物を買った『川角家』の女中は……。この女が騒いだために、盗品ということが明らかになったのだ。

京之進は思い立って腰を上げた。

日が長くなった。暮れなずむ町にようやく軒行灯《のきあんどん》の明かりが灯《とも》りだした。京之進は二階家の料理屋『川角家』の門をくぐった。

土間に入ると、女将《おかみ》らしい女が出てきた。

「これは旦那」

女将は不安そうな顔をした。

「心配するな。訊《たず》ねたいことがあるだけだ」

「なんでしょう?」

「十年前、ここにおさきという女中がいたと思うが?」

「おさきはここを辞めて、木挽町一丁目で呑み屋をはじめたんですよ」

「呑み屋を？　おさきは当時二十二歳と聞いたが？」

「そうです。よく、そんな金があったと驚きましたけど」

女将は冷笑を浮かべ、

「本人は否定してましたけど、金のある男をつかまえたのでしょう」

「今もそこで商売をしているのか」

「あら、旦那。知らないんですかえ」

女将が不思議そうな顔をした。

「てっきり、そのことでいらっしゃったのかと思っていましたが」

「どういうことだ？」

「おさきは殺されたそうですよ」

「殺された？」

京之進は耳を疑った。

「いつだ？」

「一昨晩だそうです。京橋川に浮かんでいたそうじゃないですか」

「あの殺しが……」

只野平四郎が扱った殺しのホトケがおさきだったとは……。京之進は思わぬ事態に動揺し、適当に挨拶をして『川角家』を飛び出した。辺りはすっかり暗くなっていた。

三

初夏を思わせる強い陽射しが正面から射《さ》している。

風烈廻り同心の礒島源太郎と大信田新吾は、供を連れて市中を巡回していた。火災の予防や火付けをする不届き者などの警戒のためだ。

小肥りの新吾は朗《ほが》らかな性格で、こうやって見廻りに出ることが楽しいようだった。町の衆に火の用心を呼びかけるときも、偉《えら》ぶらず声をかける。人懐《ひとなつ》こい笑顔に触《ふ》れ、町の衆の顔も綻《ほころ》ぶ。

そんな新吾の気立てを、源太郎はうらやましいと思っていた。だが、今日の新吾は元気がない。時折、ため息さえついている。

源太郎は上野山下《うえのやました》から稲荷町《いなりちょう》を過ぎ、阿部川町《あべかわちょう》に入って行く。

晩春の日はなかなか暮れず、烏《からす》が飛んで行った西の空はまだ明るい。木々の若葉は微かな風に揺《ゆ》れ、路地から子どもたちの声が聞こえてくる。

「ずいぶん日脚が延びたものだ」

源太郎は行く春を惜《お》しむように言った。が、新吾からなんの返事もない。顔を向けると、新吾もこっちを見た。

「何か」

新吾がきいた。

「いや」

源太郎は戸惑いながら首を横に振った。

やはり、新吾はおかしい。いつもの屈託《くったく》のない笑顔が消えている。

「新吾、何かあったのか」

新堀《しんぼり》川に出たところで、源太郎はきいた。

「えっ？」

はっとしたように、新吾は顔を向けた。

「さっきから何か考え込んでいるようだ」

「………」

「女と何かあったのか」

好きな女子がいるらしい。喧嘩でもしたのかと思ったが、その程度のことでこれほど落ち込むとは考えられない。

「さては、別れたのか」

「いえ、そんなんではありません」

新吾は首を横に振り、

「磯島さん、お願いがあるのですが」

と、口にした。

「なんだ？」

「四半刻（三十分）ほど、お暇《ひま》をいただけませぬか」

「珍《めずら》しいな。どうした？」

「ちょっと」

新吾は俯《うつむ》いた。

「いいだろう。では、天王《てんのう》町の自身番で待っている」

「すみません」

新吾は頭を下げて元鳥越《もととりごえ》町のほうに向かった。

「先に天王町の自身番に行ってるんだ」

供の中間《ちゆうげん》に言いつけ、源太郎は新吾のあとを追った。

新吾は鳥越神社に入って行った。源太郎も鳥居《とりい》をくぐった。用心しながら境内《けいだい》の奥に向かうと、社殿の脇に新吾の姿を見つけた。

新吾の前に、二十五、六の男が立っていた。遊び人ふうで、細身で浅黒い顔の男だ。新吾は何か訴えている。

相手の男は首を横に振った。

そして、男が立ち去ろうとすると、新吾が呼び止めている。

そこまで見届けて、源太郎は引き返した。

天王町の自身番の前で、小者《こもの》たちが待っていた。

「俺があとをつけたことは新吾に黙《だま》っているように」

特に新吾の供の小者には強く言い、源太郎は自身番に顔を覗かせた。

「これは礒島さま」

膝隠《ひざかく》しの襖《ふすま》の前で、月番の家主が声を掛けた。

「すまない。少し休ませてもらいたい」

「どうぞ。今、お茶を」

「いや、それには及ばぬ。すぐ、引き上げる」

「そうですか」

新吾が現われた。

「お待たせいたしました」

「もういいのか」

「はい」

源太郎は新吾の顔色を窺《うかが》う。やはり、優《すぐ》れない。

それからふたりは奉行所に戻った。

ちょうど定町廻り同心の植村京之進が同心詰所《つめしよ》から出てきた。源太郎が会釈をして通りすぎようとしたら、新吾が京之進に声をかけた。

「植村さま。お訊ねしたいのですが、昨日殺された『香取屋』の番頭殺しの下手人の見当はついたのでしょうか」

「いや、まだだ」

京之進は首を横に振ってから、

「何か、あるのか」

と、逆にきいた。

「いえ。私も『香取屋』には買い物に行ったことがありますので、ちょっと気になりまして。やはり、下手人は番頭から何かをきき出そうとしていたことに間違いないのでしょうか」

「その形跡がある」

「さようですか」

新吾は暗い顔で礼を言った。

なぜ新吾が『香取屋』の番頭の件を気にするのか。

『香取屋』の通い番頭が、自分の家で殺されるという事件が起きたことは、源太郎も耳にしている。

怨恨《えんこん》や強盗などとは違い、下手人は番頭から何かをきき出そうとしていたらしい。そのことが新吾の興味を惹《ひ》いたのか。京之進にもそれを確かめていた。

鳥越神社で会っていた遊び人ふうの男と思い合わせ、源太郎は何かいやな予感がしていた。その思いは、八丁堀の屋敷に帰っても消えなかった。

夕飯後、四歳になる源之助《げんのすけ》を相手に遊んでいても、ふと新吾のことが脳裏を掠めた。

いつも新吾は笑みを浮かべていて、そのおおらかな雰囲気は周囲をも和《なご》ませていた。しかし、今日の新吾は顔つきが違った。

何か屈託を抱えている様子だった。やはり、見過ごすことは出来ない。源太郎は源之助に声をかけた。

「源之助、そろそろ寝る時刻であろう」

「もう少し」

「そうか」

源太郎はもう少し付き合うことにした。

四半刻（三十分）後、源太郎は妻女に源之助を任せ、

「新吾のところに行ってくる」

と言い置いて、出かけた。

それほど離れていないが、腰に小刀を差した。いったん外に出ると何があるかわからない。

晩春の宵《よい》は夜風も生暖かい。五つ（午後八時）を過ぎ、辺りはひっそりとして、ひと影もなかった。しばらく行くと、前方から提灯の明かりが揺れてきた。

今、奉行所から帰ってきたのだろう。

が、途中の路地を曲がったらしく、通りは再び真っ暗になった。

新吾の屋敷の木戸門《きどもん》を入ろうとしたとき、玄関から誰かが出てきた。源太郎は

とっさに門の脇の暗がりに身を潜めた。

出てきたのは遊び人ふうの男だった。顔を見て、あっと思った。夕方、鳥越神社で新吾が会っていた男だ。

目の前を過ぎ、男は亀島《かめじま》川のほうに向かった。源太郎はあとをつけた。男の正体をつきとめたかった。

亀島川に出ると、川に沿って歩き、亀島橋で霊岸《れいがん》島に渡った。男はさらに日本《にほん》橋《ばし》川を渡り、永代《えいたい》橋のほうに向かう。

永代橋にはひとの姿がちらほら見えた。男はもくもくと歩いて行く。

橋を渡り切ったところに夜鳴《よな》きそば屋が出ていた。男はその屋台に向かった。

屋台には先客がふたりいた。男は屋台の亭主に声をかけた。源太郎は橋の袂にある柳の木の陰《かげ》から様子を窺う。

先客のふたりが屋台から引き上げた。亭主はそばを作っている様子がない。遊び人ふうの男の姿も見えない。

源太郎はあわてて屋台に駆けた。

「亭主、ちょっと前に遊び人ふうの男がやって来たな」

「へえ」

「どこに行った？」

「さあ」

「さあ、だと。私は八丁堀の同心だ」

「えっ、そいつは知りませんでした」

「男はどうした？」

「へえ。男はいきなり顔を出して、怪《あや》しい奴《やつ》に追われていると言って、屋台の裏にまわって暗がりを佐賀《さが》町のほうに駆けて行きました」

亭主は恐縮したように言う。

気づかれていたのかと、源太郎は憤然《ふんぜん》とした。

四

翌日、京之進は大伝馬町の『香取屋』に行った。昨日と変わらず、客で賑わっていた。広い店座敷は客と応対をする奉公人でごった返していた。

客間に通され、主人の藤右衛門を待った。

昨日、京之進は只野平四郎から、おさき殺しの探索の様子を聞いたあと、『笹の葉』で働いていた板前や小女《こおんな》に益次郎のことを確かめた。

益次郎はおさきの店『笹の葉』の客ではなかったようだ。『笹の葉』の常連客も、益次郎を見かけたことはなかったという。ふたりのつながりは『大黒屋』の盗品騒ぎのときしかない。だが、匕首で心ノ臓を一突きにする殺し方は同じだ。同一人物による殺しである公算は高い。

廊下に足音がして、京之進は考えを中断した。

障子が開き、藤右衛門がやってきた。

「お待たせいたしました。じつは益次郎の葬儀《そうぎ》の手配をしておりまして」

藤右衛門は待たせた言い訳をした。

「葬儀はどこで？」

「はい。深川の洞泉寺《とうせんじ》さんで行ないます」

「そうか」

「で、下手人の見当はついたのでしょうか」

「いや、まだだ」

「さようで」

藤右衛門は落胆《らくたん》したように言う。

「下手人が益次郎から何かをきき出そうとしていたのは間違いない。それが何なのかさっぱりわからぬが、気になることがある」

「なんでしょうか」

「益次郎は十年前に闕所になった『大黒屋』の奉公人だったそうだな」

「はい、そうです」

藤右衛門はすんなり答える。

「競売にかけられた『大黒屋』を競り落としたのがそなただと」

京之進は表情を窺う。

「はい。私は深川で『香取屋』という反物問屋をやっていました。大伝馬町に店を持つことは長年の夢でしたから、『大黒屋』が競売にかけられると知り、夢中で金を作りました」

「どうやって作ったのだ？」

「借金です。もっとも、思ったほどの高値ではなく、手に入りました。ですから、借金で得た金は商売に使うことが出来ました。まあ、ほとんどが奉公人を集めるために使いましたが。なにしろ、『大黒屋』の店の大きさなら深川の店の倍は奉公人が要りますので」

「それで、『大黒屋』にいた奉公人に声をかけたのか」

「はい。路頭に迷う奉公人を救ってやりたいという思いもありましたが、こっちも助かりますので」

「一番番頭の与之助、益次郎が死んで二番番頭になった松太郎は生え抜きのようだな」

「はい。深川時代からの奉公人です」

「益次郎は『大黒屋』からだ。益次郎が番頭に抜擢《ばってき》されることに、生え抜きから文句は出なかったのか」

「はい。正直不平はありました。でも、益次郎は仕事が出来ましたから、皆納得していたと思います」

「なるほど。ところで、『大黒屋』の主人の忠兵衛は遠島先で死んだそうだが」

「そのようですね」

「忠兵衛には子どもがいたのであろう」

「はい、子どもがたくさんおりました。七人兄弟だと聞いています」

「その七人はどうしたのだ？」

「『大黒屋』さんは子だくさんの家系で、忠兵衛さんの兄弟も十人近くいたようです。長男は叔父のところに引き取られ、他の子どもたちは事件当時すでに奉公に出たり、職人に弟子入りしていたとか」

「じつはちょっと気になることがあるのだが」

京之進はおもむろに切りだした。

「『大黒屋』の忠兵衛は、仲買人の手違いで余分に仕入れてしまった品物を、旗本大門隼人さまの依頼で引き取ったと、詮議の場で訴えたそうだ。大門さまの家来が文を持って、仲買人の男と共に『大黒屋』を訪れ、忠兵衛に頼んだ。大門さまの口添えもあるので、忠兵衛は荷を引き受けたということだ」

「私は詳《くわ》しくは存じあげませんが」

藤右衛門は首を横に振った。

京之進は続けた。

「だが、大門隼人さまはそのような依頼をしていなかったそうだ。忠兵衛の話に偽《いつわ》りがなければ、『大黒屋』に仲買人と共に現われた大門さまの家来、そして持参の文は偽物だったということになる」

「………」

「ここで気になるのは、その家来と仲買人を忠兵衛に取り次いだのは益次郎ということだ」

「そのことは、私も益次郎から聞いたことがあります。しかし、自分はそのふたりのことは知らないと言ってました」

「そうだ。忠兵衛の言い分を、益次郎は否定した。それどころか、あのふたりが盗人《ぬすっと》の仲間だったと、あとで言い出した。つまり、忠兵衛とそのふたりは前々から親しい間柄であったことを、益次郎が示唆《しさ》したのだ」

「………」

「よくよく考えると、益次郎がすべてに絡《から》んでいる。品物の搬入や保管、それから問題の反物を客に売ったのも益次郎なのだ」

「益次郎は若い頃から仕事が出来たそうです。だとすれば、すべてに関わっていたとしても、不思議ではありませんが」

藤右衛門は口を挟んだ。

「確かにそうだ。だが、取り調べた同心は、益次郎の動きに疑惑を持っていたそうだ。特に、盗品を売った客との仲だ」

「と、仰いますと？」

「盗品を買った客は、深川門前仲町の料理屋『川角家』の女中だった。『大黒屋』

には盗品を買った日にはじめて訪れたそうだ。そこで、益次郎から反物を買った。そして、その反物を店の客に見せたところ、たまたま高崎から来ていた織物商の者がいて、その反物がおかしいと指摘したという」

　京之進はさらに続ける。

「ずいぶん手際がいいとは思わぬか。はじめての客に売った反物が盗品であり、たまたま、江戸に来ていた高崎の織物商の者がそれを指摘した……」

「悪事はそんな偶然が重なってばれるのかもしれませんね」

「うむ。そうも言えるが、気になるのは高崎の織物商の者は江戸を離れてしまい、誰かわからない。家来と仲買人も姿を消している。それに、反物を買った女中は、その後料理屋を辞めていた。問題はこれからだ」

「………」

「その女中はおさきという名だ。事件のすぐ後、木挽町一丁目で『笹の葉』という呑み屋をはじめていた」

「その女中が何か」

　藤右衛門は不思議そうにきいた。

「三日前に殺された」

「今、何と」

藤右衛門は驚いた顔をした。

「京橋川で、死体となって浮かんでいた。胸を刺されていたそうだ」

「…………」

「妙だと思わぬか。反物を売った益次郎と、買ったおさきが数日の内に続けて殺されたのだ」

「確かに妙ですね。まさか、十年前のことに関わりが？」

藤右衛門は厳しい表情になった。

「そうだ。最初におさきが殺され、次に益次郎だ。下手人は益次郎から何かを聞き出そうとした。おそらく、大門さまの家来と仲買人に扮《ふん》した男の名ではないのか」

「なんのためにでしょう？　ひょっとして復讐？」

「そうも考えられる」

忠兵衛の七人の子どもたちのことが京之進の脳裏を掠めた。

当時はまだ幼かった兄弟も十年経ち、みな一人前の若者に成長しているはずだ。七人のうちの誰かが、あるいはふたりか三人か。七人揃《そろ》ってということもあり得るかもしれない。いずれにしろ、忠兵衛の遺児、あるいは『大黒屋』に深く関わっていた者を探る必要があると思った。

「ところで、『大黒屋』が闕所になってもっとも得をしたのはそなただな。そなたが言うように、安く『大黒屋』を手に入れることが出来たのだからな」

京之進は相手の顔色を窺う。

「確かに、運がよかったと思っています」

「運だけか」

「と、仰いますと?」

「『大黒屋』が取り潰されることを知っていたのではないか」

「とんでもない。私は『大黒屋』のことを知って身につまされました。よほどのことがあって、盗品を扱ってしまったのでしょう」

「よほどのこととは?」

「さあ、内情はわかりませんが、大黒屋さんには七人の子どもがいたのです。ひとりは女の子ですので、どこぞよいところに嫁に行かせることが出来ましょうが、男の子はどこか養子に出すしかありません。そんないい養子先があるかどうか」

「忠兵衛には兄弟も多く、それぞれ店を構えていたようではないか」

「ところが、忠兵衛さんの兄弟にも子どもがおります。養子に行っても店を継《つ》ぐことは無理なようでした。店を持たせるとなったら、『大黒屋』で新たに暖簾分けしていくしかありません。そのために、稼《かせ》がなければならないという焦りがあって盗品に手を出してしまったのだろうと、同業の旦那衆は口々に言ってました」

「子沢山であることが不幸だったように聞こえるが？」

「いえ、そういうわけではありません。あのように子どもが多いのはうらやましい限りにございます。ただ」

「なんだ？」

「子どもたちをそれぞれ他の商家《しょうか》に奉公に出して修業させていたと聞きましたが、性に合わなかった者もいたようで……。いえ、よけいなことを申しました。私が言いたいのは、多くを商人にし、ゆくゆくはそれぞれに店を持たせようとしたことに無理があったのではないかと」

「そなたに子どもは？」

「はい。ふたりおります」

「男の子か」

「男の子と女の子です」

「なるほど。跡継ぎもおり、安泰《あんたい》か」

「恐れ入ります」

藤右衛門は頭を下げた。

「『大黒屋』に付け入る隙《すき》があったということだが、それでも盗品に手を出さねばならないほどだったとは思えぬが」

京之進は疑問を口にする。

「盗品とばれるはずはないと思っていたのではないでしょうか。盗みがあったのは上州ですし、たまたま高崎から来ていた織物商の者がいたから盗品とわかったのであって、ふつうだったら盗品とは気づかれなかったのではないかと思いますが」

「うむ」

京之進は唸ったが、

「もし益次郎が盗賊一味とつるんでいたとしたら、『香取屋』にも盗品を持ち込んでいるかもしれぬが……」

「益次郎は盗賊一味とは無縁です」

と、切り込んだ。

藤右衛門は撥《は》ねつけた。

「なぜ、そう言い切れる？」

「うちにきてからの働き振りを見ればわかります」

「では、今回のことはなぜ起きた？」

「わかりません。『大黒屋』と関わりがあったのは偶然ではないでしょうか」

「しかし、益次郎から反物を買ったおさきが先に殺されている。下手人はおさきから益次郎のことをきき出し、それで益次郎を問いつめたのではないか」

「仮にそうだとしても、おさきがどうして益次郎の名を出したのかわかりません。益次郎にはいい迷惑です。何の関係もないから答えようもなかったはずです。それで、殺されてしまうなんて……」

藤右衛門は憤慨して言う。

「益次郎は盗品の件に関わっていないというのだな？」

「はい。関わっているはずありません」

藤右衛門は言い切った。

「では、なぜ、益次郎は殺されたと思う？　益次郎を恨んでいる者はいたのか」

「益次郎はひとから恨まれるような男ではありません」

「さあ、益次郎はおさきと付き合いがあったとは思えぬか」

「さあ、益次郎から聞いたことはありません。ただ、益次郎は酒好きでしたから、おさきのお店に通っていたことも考えられます」

「いや、それはないようだ。常連客も益次郎に会ったことはないそうだ」

「そうですか。でも」

藤右衛門は顔をしかめ、

「『大黒屋』の件とはまったく別の理由で、益次郎は殺されたのではありませんか」

と、口にした。

「何か想像がつくか」

「いえ。それはわかりません。ですが、たまたま益次郎とおさきが『大黒屋』の盗品の件に関わっていたから、そのように思い込んでしまったのではありませんか。それに、ふたりを殺した下手人は同じなのでしょうか」

「殺しの手口から同一人物だと見ている」

「さようでございますか。だとしても、私はふたりに別のつながりがあったとしか考えられません」

「ふたりは密《ひそ》かに会っていたということか」

「はい」

「おさきが『香取屋』に客として来ていたか調べてもらいたい」

「わかりました。調べておきます」

藤右衛門は頷いてから、

「申し訳ございません。そろそろ、来客があるのでございますが」

と、すまなそうに言う。

「もう十分だ。長々と、すまなかった」

京之進は腰を上げた。

再び、店座敷を通って土間に下りた。

京之進は『香取屋』をあとにし、神田多町一丁目にある益次郎の家に向かった。

益次郎殺しとおさき殺しは他に理由があるのだろうか。『大黒屋』の件が背景にあると考えたのは早とちりだったのか。

益次郎の家に着いた。益次郎は座棺《ざかん》に納められていて、その前で線香から煙《けむり》が立ち上っていた。

別間で益次郎の妻女と向かい合った。泣き腫《は》らした目をしている。

「つかぬことをきくが、益次郎からおさきという女のことを聞いたことはないか。木挽町一丁目で『笹の葉』という呑み屋をやっている」

「いえ、聞いたことはありません」

妻女は首を横に振る。

「益次郎は外に女は？」

「………」

「どうした？」

「ひょっとして、おさきという女がうちのひとと……」

妻女の目がつり上がった。

「いや、そういうわけではない」

京之進は打ち消してから、

「おさきは益次郎より一日前にすでに殺されていた。同じ下手人と思われるのだ」

と、告げた。

「…………」

「どうだ、何か心当たりはないか」

「うちのひとは毎日、朝早く家を出て、夜も決まって五つ（午後八時）には帰ってきました。他に女のひとがいたとは思えません」

「そなたは、どういう経緯で益次郎と所帯を持ったのだ？」

「私は『香取屋』に出入りする職人の娘です。その縁で『香取屋』の旦那の勧《すす》めで」

「益次郎は、以前は『大黒屋』に奉公していた。そのころの話を聞いたことはあるか」

「いえ、昔の話は一切しませんので」

「では、『大黒屋』がどうなったかも知らないのか」

「ええ。『大黒屋』に何かあったのでしょうか」

妻女はほんとうに何も知らないようだった。

「賊が押し入ったとき、賊の口からおさきという名は出なかったか」

「いえ。私も縛られてから押し入れに閉じ込められましたから、賊がうちのひとに何を言っていたかはわかりません。ただ、正直に答えなければ私を手込めにするとだけ」

「そうか。あいわかった」

京之進はこれ以上は何もきき出せないと諦《あきら》めた。

その後、京之進は奉行所の同心詰所で、只野平四郎に声をかけた。

「どうだ、見通しは?」

おさき殺しの件だ。

「まだ、手掛かりはつかめません。ただ、店を閉めたあと、おさきが出かけて行くのを隣家の女房が見ていました。おそらく、下手人に誘《おび》き出されたものと思われます」

「おさきが呼び出しに素直に応じたということは顔見知りか」

「そうだと思います。じつは、ふたりの男がおさきを巡って対立していたことがわかりました。でも、ふたりともおさきを呼び出したことは否定しています」

「おさきはふたりの男と付き合っていたのか」

「そうです。そのことが他の客にも知れて、客離れがおきて商売がうまくいっていなかったようです。そのことが殺しに関係しているかどうかはまだわかりません」

「他に、おさきが呼び出しに応じる相手は浮かばないのか」

「常連客にきいたところ、最近、遊び人ふうの二十四、五歳の男が何度か店にやってきていたそうです。念のために、その男を探しているのですが、行方はつかめません」

「どんな感じの男だ？」

「細身の、鋭い顔だちの男だったそうです」

「細身か。益次郎を襲った男も細身だ」

細身の男はたくさんいるが、同じ人物の公算は高い。

その男は益次郎のことをきき出したあとに、おさきを殺した。そして、翌日になって益次郎の家に押し込んだのではないか。

「おさきの周辺からは益次郎のことは浮かんできません。やはり、益次郎とおさきの関係は『大黒屋』でしかないようですね」

平四郎は思案げに言う。

「下手人が『大黒屋』に関わりがあるとすると、益次郎を脅《おど》して仲間の名をきき出そうとしたと考えられる。問題は、益次郎が賊に問われるままに答えたかどうかだ。それによっては、あらたな犠牲者が出る」

京之進は厳しい表情で言い、

「『大黒屋』の七人兄弟を調べるべきだ」

と、狙いを定めた。

五

昼下がりだが、雨雲が張り出し、夕方のように暗かった。

編笠《あみがさ》を被り、着流しの剣一郎は三十間堀一丁目にある『近江屋』の前を行き過ぎた。すると、どこからともなく太助が横に並んだ。

「どうだ？」

剣一郎はきいた。

石松がこっそりお新に連絡をとっているのではないかと睨み、太助に見張らせていた。

「さっき空駕籠《からかご》がやってきました」

太助が言う。

「兵五郎か、それとも」

途中で引き返し、『近江屋』の前を見通せる場所に立った。

路地から内儀のお新が出てきて、駕籠に乗った。

「内儀です。やっと出かけます」

駕籠が出立した。剣一郎と太助は駕籠のあとをつけた。

石松に会いに行くのではないか。剣一郎はそんな気がした。駕籠は三十間堀川に沿って西に向かい、木挽橋を木挽町のほうに渡った。

駕籠はそのまままっすぐ進み、築地本願寺《つきじほんがん》の前を過ぎた。

南小田原町《みなみおだわら》に入り、『鶴家《つるや》』という菓子屋の前で駕籠は停まった。お新は下りると、菓子屋に入って行った。

「お菓子を買いに来ただけでしょうか」

太助が落胆したように言う。

「駕籠を帰したな」

剣一郎は呟く。

「あっ、奥に上がって行きました」

店の中を見ていた太助が言い、

「菓子屋は知り合いでしょうか」

と、口にした。

雨もよいの空だが、まだ降り出しそうにはなかった。

ふと、駕籠を帰したことが気になった。

「太助、裏だ」

剣一郎は路地に入った。

菓子屋の裏にまわった。すると、裏通りを小走りに行くお新の背中が見えた。頭巾《ずきん》をかぶっている。

「やはり、駕籠抜けだったか」

剣一郎はあとをつけながら言う。

お新は大川《おおかわ》のほうに向かった。そして、大川に出ると、川に沿って上流を目指した。

明石《あかし》橋を渡り、築地明石町にやって来た。小商いの店が並ぶ通りを、お新は振り向きもせずに進み、長屋路地を入った。

二階建ての裏長屋で、とば口の家の戸を勝手に開けて中に消えた。

「隣で、誰が住んでいるのかきいてきてくれ」

「へい」

太助は隣家に向かった。

二階の障子が開いて、お新が顔を覗かせた。その後ろから男が現われた。顔はお新の陰に隠れて見えなかった。お新はすぐに雨戸を閉めた。

太助が戻ってきた。

「聞いてきました。岡太郎《おかたろう》という小間物屋が住んでいるそうです。通いの婆さんがいますが、昼間だけだそうです」

「岡太郎?」

「二十六歳ぐらいの苦《にが》み走ったいい男だそうですが、愛想《あいそ》がないようです」

「お新は岡太郎と出来ていたのか」

やはり、お新は浮気性なのかもしれない。だとしたら、石松を誘惑したことは十分に考えられる。

石松は濡《ぬ》れ衣《ぎぬ》を着せられたのだとしたら復讐に走るかもしれない。逢引《あいび》きのためにこのような所にやって来るのを石松が知ったら、格好の復讐の機会になる。

「太助、お新を頼む。わしは『近江屋』で岡太郎のことを確かめ、近くの自身番で待っている」

「わかりました」

太助は張り切って言う。

剣一郎は明石町から三十間堀一丁目の『近江屋』に着いた。

土間に入り、

「内儀はいるか」

と、近寄ってきた番頭にきいた。

「ただいま、出かけております」

「どこに？」

「確か、お友達のところだと仰っていました」

「そうか」

剣一郎は頷いてから、

「旦那を呼んでもらいたい」

「わかりました」

番頭は奥に引っ込んだ。

待つほどのこともなく、兵五郎が現われた。

「これは青柳さま。さあ、どうぞ」

「いや、すぐ引き上げる。内儀の様子を見に来たのだが、外出しているとのこと」

「はい。独り身時代の友達が菓子屋に嫁いでおりまして、ときたまそこに行っています」

「なるほど」

南小田原町の菓子屋のことであろう。

「ひとりで出かけたのか」

「はい」

「心配ではないのか」

「昼間ですから」

「しかし、誰か供をつけさせたほうがいいのではないか」

「お新がいやがりますし」

「女中ならどうだ?」

「同じです。それに、石松のことなら、やつは仕返しをするような男ではないと思います」

「そうか。ところで、女中頭に話をききたいのだが」

「女中に？」

兵五郎は不審そうな顔をした。

「台所には野菜売りや小間物屋など、いろいろな行商人が出入りをするであろう。万が一、それに紛《まぎ》れて石松が入り込んでこないとも限らぬ」

「そこまでするとは思えませんが」

兵五郎は訝《いぶか》しげに言う。

「念のためだ」

「わかりました」

兵五郎は手代に言いつけ、剣一郎を勝手口に案内させた。

広い台所で数人の女中が忙しそうに立ち働いていた。夕餉の支度にかかっているのだろう。

「女中頭のたみでございます」

三十路を越したと思える女中が近づいてきて挨拶をする。

「ちょっとききたいことがある」

女中たちの邪魔にならないよう、隅に移動すると、

「ここにはいろいろな行商人がやってくるのであろうな」

と、剣一郎は改めて切りだした。

「青物などは馴染《なじ》みのお店から届けてもらいますが、それでも野菜や魚の棒手振《ぼてふ》りがやってくることはあります」

「小間物屋はどうだ？」

「はい、来ます」

「なんという小間物屋だ？」

「安吉《やすきち》というひとです」

「安吉はいくつぐらいだ？」

「二十八だそうです」

「どんな感じの男だ？」

「小柄で愛嬌のあるひとです。いつも、広げた小間物の前に集まった女中たちを笑わせています」

どうも岡太郎と特徴が違うようだ。

「小間物屋はひとりだけか」

「ほかにときたま顔を見せる小間物屋がおります」

「名は？」

「岡太郎さんです。すっきりしたいい男ですが、愛想に欠けるので……」

「いつ頃から顔を出すようになったのだ？」

「四カ月前からです。小間物屋さんが何か」

「いや、そなたはここには長くいるのか」

「はい。十年近くなります」

「では、手代の石松を知っているな」

「はい」

「石松はどんな男だった？」

「おとなしいひとでした」

「石松が遠島になったことも当然知っているな」

「はい」

おたみは表情を曇らせた。

「江戸に戻ったことも？」

「はい」

「石松がここに現われるとは思わぬか」

「仕返しをするようなひとだと思えませんが」

おたみは首を傾げた。

「やさしい男だったようだが、島流しになったのだ。気性《きしょう》も変わったとは思わぬか」

「そうですね。でも、江戸に戻って四カ月にもなるのに未《いま》だに現われませんから」

「そなたは石松が内儀を手込めにしようとしたと思っているのか」

「…………」

おたみはすぐには答えなかった。

「どうした？」

「わかりません」

「わからないとは？」

「いえ、旦那さまや内儀さんの言うとおりだと思います」

「ひょっとして、そなたは内儀と石松の関係に気づいていたのではないか」

「そんな」

おたみはあわてて否定する。

「石松の動きを知るためにほんとうのことを知りたい。決して他言はせぬ」

「はい」

おたみはまだ躊躇《ためら》ったが、

「旦那さまの留守中に、ときたま石松さんが内儀さんの部屋に行くのを見たことがあります。でも、どんな用事で行ったかはわかりません」

「なるほど」

剣一郎は頷き、

「内儀はきょうもひとりで出かけているが、どこに行っているのか」

と、確かめた。

「お友達のところと聞いています」

「どこかわかるか」

「南小田原町だそうです」

「答えづらいと思うが、内儀と旦那の仲はどうなのだ？」

「………」

また、おたみは押し黙った。

「うまくいっていないのか」

「いえ、表向きはうまくいっていると思います」

「表向き？　実際は違うということか」

「石松さんの件があってから、なんとなくぎくしゃくしだしたようです。それに旦那さまは外に女のひとがいるようです」

「女のことを、内儀は気づいているのか」

「知っています。でも、何も言いません」

「内儀はどうなのだ？」

「どうとは？」

「男はいないのか」

「わかりません」

「わからないというのは、いるかもしれないということだな」

「内儀さん、最近、若々しく色っぽくなったので……」

「最近？」

「はい。この四カ月くらい前から、明るくなったような気がします」

やはり、小間物屋の岡太郎が顔を出すようになってからだ。

「内儀にも男がいると思っているのだな」

「なんとなく、そう思っているだけです」

「あいわかった。いろいろすまなかった。内儀には何も言わないほうがいいだろう」

「はい」

剣一郎はおたみと別れ、『近江屋』を出た。

近くの自身番に入って行くと、太助はまだ戻っていなかった。

月番の家主があわてて、

「これは青柳さま」

と、挨拶をした。

「ここで待ち合わせをしている。場所を借りるだけだ。気を使わずともよい」

「はい。でも、お茶ぐらいいかがですか」

奥にいた店番が茶をいれてくれた。

「これはすまない」

「どうぞ、お上がりください」

「いや、ここでいい」

剣一郎は湯呑みを口に運んだ。

「青柳さま」

白髪《しらが》の目立つ家主が真顔で声をかけた。

「先日、私の親戚の娘がある大身《たいしん》の旗本屋敷に奉公することになり、いっしょにご挨拶に参上したのですが、用人さまがネズミに入られたと悔しがっておりました」

「ネズミ？」

「盗人です」

「どういうことだ？」

剣一郎は湯呑みを置いた。

「殿さまの寝間《ねま》に置いてあった二十両がなくなっていたそうです。かわりに紙切れが置いてあり、白いネズミの画《え》が描かれていたと」

「奉行所に届け出はないが？」

「被害が二十両なのと、殿さまの寝間から盗まれたということで、体裁を考えてそのままにしたそうです」

「届けていないということか」

「はい、用人さまによると、他の旗本屋敷にもネズミが出没しているのではないかという話でした。もちろん、ネズミに入られたという話は聞いていないそうですが。いちおう、お耳にと思いまして」

「気に留めておく」

剣一郎が答えたとき、玉砂利《たまじゃり》を踏む音がした。

「青柳さま」

太助がやって来た。

剣一郎は湯呑みを返して礼を言い、自身番を離れた。

「帰ってきたか」

「はい。あのあと、南小田原町の菓子屋に戻ってから駕籠を呼び、帰ってきました」

「ごくろうであった」

剣一郎はねぎらってから、

「『近江屋』の女中頭に聞いたが、四カ月前から小間物屋の岡太郎が顔を出しているそうだ。それから、旦那の留守中に、石松が内儀の部屋に入って行くのを何度か見かけたことがあったそうだ」

「じゃあ、石松の言い分が正しかったってことですね」

「そうだ。石松にしたら内儀に裏切られたということになる。このままで済むのだろうか」

剣一郎は石松に思いを馳《は》せた。

石松の言い分が正しかったとすれば、旦那の留守中にお新から誘われて不義を働いていたのだ。しかし、兵五郎に見つかったとき、お新は石松に手込めにされそうになったと訴えた。それで、遠島になったのだ。

島で、石松は何を考えて過ごしたか。石松を雇っていた庄屋に、悔しさをぶつけたことであろう。その様子を見た庄屋は、石松が江戸に帰ったら復讐をすると島役人に注意を与えた。

だが、石松は四カ月も、沈黙を保っている。このままで済むとは思えない。復讐するとしたらどんな手段があるのか。お新に危害を加えようとするのか。

しかし、そうなればまた罪になる。

「ひょっとして……」

剣一郎はあることを思いついた。

「石松の狙いは、お新に危害を加えるのではなく、お新と岡太郎の不義密通を暴いて兵五郎に告げることではないか。お新が兵五郎に刺されるか、『近江屋』から放り出されるか」

剣一郎は自分の考えを述べ、

「太助。岡太郎の動きを見張ってもらおうか。そこに、石松が現われるかもしれない」

「わかりました」

「おや、やはり降り出したな。急ごう」

頬に冷たいものが当たり、剣一郎は足早になった。

「自身番で傘《かさ》を借りてきましょうか」

「いや、奉行所まですぐだ。太助は先に八丁堀の屋敷に行っていろ。わしは奉行所にいったん帰る」

「では」

太助と別れ、剣一郎は今にも大粒の雨が落ちてきそうな厚い雲の下を奉行所に急いだ。

第二章　七人の兄弟たち

一

明け方に雨は上がり、陽《ひ》が射《さ》していた。水たまりを避け、ぬかるんだ道を難儀《なんぎ》しながら、京之進は岡っ引きの房吉と共に神田岩本町《いわもと》にやって来た。

『大黒屋』の忠兵衛の弟が下谷広小路《したやひろこうじ》で反物問屋をやっている。忠兵衛の長男忠太郎《ちゅうたろう》が奉公していた。忠兵衛の弟から、忠太郎は神田岩本町に住んでいると聞いたのだ。

通りの中程に、宇太郎店《うたろうだな》の木戸があった。その長屋木戸を抜けた。五つ（午前八時）を過ぎ、男たちは仕事にでかけたあとで、かみさん連中が井戸端《いどばた》に集まっていた。

「ちょいといいかえ」

房吉が声をかけると、かみさんたちは顔を向けた。

「忠太郎の住まいはどこだえ」

「一番奥ですよ」

丸顔の女が不審そうな顔で答え、

「忠太郎さんに何かあったんですか」

と、きいた。

他の女たちも好奇心に満ちた目を向けた。

「何もない。教えてもらいたいことがあるだけだ」

京之進が答える。

「声をかけましょうか」

丸顔の女が言うのを、

「だいじょうぶだ。では」

と、京之進は奥に向かった。

忠太郎の住まいの前に立ち、房吉が声をかけて腰高障子を開けた。

部屋で二十八歳ぐらいの男が煙管《きせる》を持ったまま顔を向けた。鼻筋の通った顔だちだ。

「忠太郎か」

京之進は呼びかけた。

「へえ、そうですが」

忠太郎は、煙管の雁首《がんくび》を煙草盆《たばこぼん》の灰吹《はいふき》に叩《たた》きつけてから、上がり框《かまち》までやって来た。

「何か」

「そなたは、十年前まであった『大黒屋』の長男だな」

「へえ」

忠太郎の顔が翳《かげ》った。

「今は柳原《やなぎわら》の土手下に古着の床見世《とこみせ》を出しているときいたが？」

「そのとおりです」

忠太郎は答えてから、

「そのことで何か」

と、きいた。

「いや。じつは、木挽町一丁目で『笹の葉』という呑み屋をやっているおさきという女と、大伝馬町の『香取屋』の番頭益次郎が続けざまに殺された」

「殺された……」

忠太郎は驚いたように目を見開いた。

「『香取屋』は『大黒屋』を競売で手に入れた反物問屋だ」

京之進は忠太郎の顔色を窺《うかが》う。忠太郎は歯嚙《はが》みをして俯《うつむ》いた。

「益次郎は知っているな。十年前まで『大黒屋』の手代だった男だ」

「知っています。益次郎は死んだのですか」

忠太郎はやっと口を開いた。

「おさきは『大黒屋』から盗品の反物を買った客だ。そのとき、応対したのが益次郎だったな」

「…………」

「おさきが盗品だと騒いだために『大黒屋』に災厄《やくさい》が降りかかったのだ。忠太郎」

「はい」

「そなたは『大黒屋』が盗品を承知で売っていたと思うのか。それとも忠兵衛が訴えたように騙《だま》されて盗品をつかませられたと思うか」

「親父が盗品を扱うはずはありません」

「では、何者かにはめられたと思っているのだな」

「はい。でも、だからといって、今さら、そのことを証《あか》すことは出来ません。親父は遠島先で亡くなり、おふくろは病に臥《ふ》していますし」

「無念を晴らしたいとは思わぬのか」

「あの頃はそう思いましたが、だんだん難しいことだとわかってきました。それより、今は自分が生きることで精一杯です」

「十年前の事件後、そなたたち兄弟はどうなったのだ。七人兄弟だそうだが？」

「私は叔父《おじ》のところに奉公に出ていましたが、『大黒屋』がなくなった二年後に飛び出しました。やっかい者扱いでしたし、叔父のやり方と合いませんでした。それで、柳原の土手で床見世を……」

「あのような事件がなければ、そなたは『大黒屋』を継《つ》いだはずだ。騙した連中に復讐をしたいと思わなかったか」

京之進は核心に触れた。

「騙した連中に恨《うら》みはあります。じつは叔父の家を出たのも親父の汚名を雪《そそ》ぎたいという思いもあったのです。でも、私には真実を突き止めることは出来ません。ほんとうの黒幕が誰なのか、知りようもありません。親父の訴えが奉行所に聞き入れてもらえなかったことがすべてです。奉行所がもっと親父の言葉に耳を傾けていてくれたら」

　忠太郎は奉行所に非難の目を向けた。

「しかし、最初に盗品だと騒いだ客のおさきに疑問を持ったのではないか」

「仰《おっしゃ》るとおりです。おさきに会いに行き、問いつめました。でも、おさきは知らないの一点張り。証《あかし》がなければ、それ以上は何も出来ません。しらを切られたらおしまいですからね」

「手代の益次郎に対してはどうだ?　『大黒屋』の跡を引き継いだ『香取屋』に奉公している。不審を持ちました。不審を持たなかったのか」

「確かに不審を持ちました。でも、益次郎以外にも『大黒屋』の奉公人だった者を何人も雇っていますから……」

「『香取屋』の藤右衛門に疑いは持たなかったか。『大黒屋』が闕所《けっしょ》になってもっとも得をしたのは藤右衛門だ」

「はい、私も藤右衛門に疑いの目を向けたことはあります。ですが、証がなければ何も出来ません。それに、『香取屋』は事件に関わっていないというお墨付《すみつ》きを奉行所が与えたのですから」

「恨みは奉行所にあるということか」

「さあ」

忠太郎は微《かす》かに口元を歪めた。

「他の兄弟はどうだ？」

「私と同じです」

「ほんとうにそうか。中には今も復讐を考えている者もいるのではないか」

「旦那」

忠太郎は口調を改めた。

「『大黒屋』が闕所になったとき、私たち兄弟のうち、一番下の妹だけが『大黒屋』にいましたが、男兄弟は皆外に出ていました。ですから、何があったか、何もわからないのです。ただ、明日の我が身の行く末にうろたえるだけでした」

「男兄弟はどこにいたのだ？」

「五男の忠五《ちゆうご》が錺《かざり》職人の親方に、六男の忠六《ちゆうろく》が指物師《さしものし》の親方に弟子入りをしましたが、他の四人は商家に奉公に上がっていました。私が奉公したのは叔父の反物問屋です」

忠太郎は息を継ぎ、

「次男の忠次郎《ちゆうじろう》は神田佐久間《さくま》町一丁目の『大倉屋《おおくらや》』に、四男の忠四郎《ちゆうしろう》は池之端仲《いけのはたなか》町にある『戸田屋《とだや》』に今も奉公を続けていますが、三男の忠三郎《ちゅうさぶろう》は奉公先を辞めました」

「職人になったふたりは今も親方のところにいるのか」

「はい」

「一番下の妹は？」

「『大黒屋』が闕所になって、おふくろとふたり、おふくろの実家の本郷《ほんごう》にある炭問屋に引き取られました」

「三男の忠三郎は今はどうしているのだ？」

「わかりません」

「わからない？」

「はい。五年前から会わなくなりました」

「五年前はどこにいたのだ？」

「浅草奥山《あさくさおくやま》の地回りの連中とつるんでいました」

忠太郎は暗い顔をした。

「兄弟が一堂に会することはあるのか」

「年に一度、正月におふくろの実家で落ち合うことにしています。今年も皆で会いましたが、忠三郎だけが顔を出していません。おふくろも心配しているのですが」

「忠三郎はいくつだ？」

「二十五です」

「忠三郎が『大黒屋』の復讐をすることは考えられないか」

「考えられません。忠三郎がそこまでするとは思えません。もしそうなら、私たちにも一言相談があるはずです。第一、当時忠三郎は十五歳でした。盗品事件のことは何もわかっていないのですから」

「正直に言おう。我らは、『大黒屋』に関わりある者がおさきを襲い、益次郎が仲間であったことをきき出して益次郎を襲った。そして、さらに仲間の名をきき出そうと拷問を加えたと睨《にら》んでいる。そこまでするのは……」

「我ら兄弟だと？」

「それ以外にいるか」

「いるとは思えませんが、私たちでもありません。確かに、兄弟で汚名を雪ぎ、『大黒屋』を再興したいという話になることはありますが、それは口先だけのこと。ほんとうに出来るとは誰も思ってもいません」

忠太郎からは殺気だったものは感じられない。

「では、おさきと益次郎が襲われた件をどう見る？」

「『大黒屋』の事件とは別なのではないでしょうか」

「そうか」

京之進は眉根を寄せ、

「すまぬが、兄弟の住まいを教えてくれぬか」

「わかりました」

忠太郎は忠三郎以外の兄弟の住まいを口にした。

「わかった。邪魔をした」

京之進と房吉は土間を出た。

路地にさっきのかみさんたちが集まっていた。

「聞こえたか」

京之進がきいた。

「とんでもない。私たちは盗み聞きなんかしていませんよ」

丸顔の女があわてて言う。

「何もそうだとは言っていない」

「…………」

「邪魔をした」

京之進は木戸に向かった。

が、途中で気がついて引き返した。

「忠太郎を訪ねてくる者はいるか」

京之進はかみさんたちにきいた。

「いえ、ほとんど来ませんね」

丸顔の女が答えると、痩《や》せぎすの女が、

「忠太郎さんに商家の旦那らしいひとが訪ねてきたことがありましたよ」

と、言った。

「どこの旦那かわからないか」

「ええ。四十過ぎのきりっとした旦那でした」

「それはいつごろだ？」

「二月ごろかしら」

「最近か」

「はい」

「ちょっと待って」

別のかみさんが口を入れた。

「たぶん、米沢町《よねざわ》の『三沢屋《みさわや》』さんのご主人じゃないかしら」

「『三沢屋』？」

「太物《ふともの》問屋ですぜ」

房吉が言う。

「そうです。太物問屋の『三沢屋』だと思います」

「三沢屋が忠太郎にどのような用があるのか」

京之進は呟《つぶや》いてから、礼を言い、長屋木戸を出て行った。

米沢町の『三沢屋』の前に大八車《だいはちぐるま》が停まり、荷役の男たちが荷を下ろして、土蔵に運んでいた。

見守っている番頭らしい男に、京之進は声をかけた。

「南町の植村京之進だ。旦那に会いたいのだが」

「何か」

番頭が驚いてきく。

「岩本町の宇太郎店に住む忠太郎のことできたいことがある」

「わかりました」

番頭は土間に入って行ったが、すぐ出てきて、

「どうぞ」

と、中に招《しょう》じた。

店座敷の隅に、主人らしい男が座って待っていた。

「三沢屋か」

「はい。忠太郎さんのことだそうですが」

三沢屋は不安そうな顔をした。

「うむ。そなたは長屋に忠太郎を訪ねたことがあるそうだが、間違いないか」

「はい、確かに訪ねました」

「わけを教えてもらいたい」

「忠太郎さんに何か」

「その前に、教えてもらおう」

京之進は促《うなが》した。

「はい。じつは、うちの娘の婿《むこ》にと」

「はい。ですが、なかなか首を縦《たて》に振ってくれません」

「なぜ、忠太郎を？」

「忠太郎は柳原の土手下で、床見世を開いていますが、熱心に取り組んでいる姿に感銘《かんめい》を受けましてて」

「婿ということは将来、『三沢屋』を継がせるつもりなのか」

「はい。そう考えているのですが」

三沢屋は渋《しぶ》い顔をした。

「忠太郎にその気がないのか」

「はい」

「なぜだ。娘と合わないのか」

「いえ、お互いに好き合っていることは承知しております」

「それなのに、忠太郎は何をためらうのだ。『三沢屋』の婿になるなど願ってもない話だと思うが」

「じつは忠太郎はあることを気にしているのです」

「なんだ、それは？」

京之進は身を乗り出し、

「ひょっとして、『大黒屋』のことか」

と、きいた。

「はい」

三沢屋は頷《うなず》いた。

やはり、復讐を考えているのか、と京之進は緊張した。

「忠太郎は盗品を売っていた『大黒屋』の息子であることを気にしているのです」

「どういうことだ？」

「そんな男が婿に入ったら、世間の噂になって『三沢屋』に禍《わざわい》するのではないかと」

「………」

「私はそんなこと気にすることはないと言っているのですが、本人は臆病《おくびょう》になっていまして」

「ほんとうは忠太郎に別の目的があるというわけではないのか」

「別の目的と申しますと？」

「『大黒屋』は騙されて盗品をつかまされたと思っているのではないか。だから、『大黒屋』の汚名を雪ごうと……」

「昔はそう考えたようですが、今は諦めているようです」

「そうか」

やはり、忠太郎は復讐を考えていないのか。

「なぜ、忠太郎にそこまで執心《しゅうしん》なのだ?」

京之進はきいた。

「忠太郎は真面目で誠実な男です。『大黒屋』さんの跡取りだっただけあって、商才もあり、頼もしい男なのです。なんとしてでも、婿に欲しいのですが」

三沢屋は口惜しそうに言った。

「忠太郎の兄弟を知っているか」

「いえ、知りません」

「そうか。わかった。忙しいところをすまなかった」

京之進と房吉は外に出た。

「忠太郎は関係なさそうですね」

房吉が言う。

「そう見ていい。やはり、行方のわからない忠三郎が問題だ。ただ、念のために他の兄弟を当たってみるのだ」

「へい。この近くですと、神田佐久間町一丁目の『大倉屋』です」

「行ってみよう」

ふたりは柳原通りに向かい、土手に出て和泉《いずみ》橋を渡った。

二

京之進と房吉は神田佐久間町一丁目の鼻緒《はなお》問屋『大倉屋』にやって来た。こぢんまりした店構えだ。間口もそれほど広くない。京之進は土間に入り、近くにいた番頭に声をかけた。

「忠次郎という奉公人はいるか」

「忠次郎が何か」

番頭は驚いたようにきいた。

「ちょっとききたいことがあるだけだ」

「そうですか」

番頭は店の中を見まわし、年配の女の客に接している二十六歳ぐらいの男のそばに行った。

番頭が何事か囁《ささや》き、男が顔をこっちに向けた。番頭が女の客の相手になり、忠次郎と思われる男が近づいてきた。

面長《おもなが》で、忠太郎とよく似ている。

「忠次郎ですが」

頭を下げて名乗った。

「南町の植村京之進だ。そなた、『大黒屋』の次男だな」

「はい」

「ここに長くいるのか」

「はい。『大黒屋』がなくなったあとも引き続き奉公させてもらっています」

「さっき、忠太郎に会ってきた」

「兄に？」

「向こうに」

人気《ひとけ》のない土間の隅に向かった。

「木挽町一丁目で『笹の葉』という呑み屋をやっているおさきという女と、大伝馬町の『香取屋』の番頭益次郎が続けざまに殺された」

京之進が改めて口を開いた。

「……………」

忠次郎は唖然《あぜん》としている。初めて知ったようだ。

「おさきと益次郎を知っているな」

「はい」

「『大黒屋』を陥れた一味かもしれない。そのことは？」

「昔、兄からききました」

「昔？」

「はい。兄は『大黒屋』の汚名を雪ぎたいから私にいっしょに黒幕を見つけないかと。でも、私はそんなことは無理だと思いました」

「忠太郎の誘いを断ったというのか」

「はい、確か『大黒屋』が闕所になって二年後でしたから。当時私はまだ十八です。兄だって十九歳。そんな若造に何が出来ましょう。でも、はっきり証が見つかれば、兄に手を貸すと返事をしたのです。それから半年ぐらいして、兄が悄然《しょうぜん》として現われ、証は見つけ出せそうにもないと白旗を揚げてきたんです」

「諦めたのか」

「そうです」

「忠太郎は他の兄弟にも声をかけたのか」

「声をかけたかもしれませんが、皆若いですから頼りにはならなかったと思います」

「今なら、たくましくなって頼りになるか」

「いえ。もう、誰も『大黒屋』のことは諦めています」

「父親の無念を晴らそうとは思わないのか」

「出来ることなら晴らしたいと思っていましたが、恨みを晴らしたからといって、何になりましょう。『大黒屋』の汚名が雪がれても、今度は自分たちが罪に問われてしまったらなんにもなりませんから」

「『大黒屋』を再興させようとは思わないのか」

「仮に『大黒屋』が再興出来たとしても、いい思いをするのは兄だけですからね。兄が再興した『大黒屋』の主人になるだけです。兄の下で使われるのも、ここで使われるのも同じです。同じなら、ここで奉公をしていたほうが……」

「その考えは、他の兄弟も同じか」

「はい、『戸田屋』にいる四男の忠四郎も同じです。五男と六男はふたりとも職人ですから、『大黒屋』が再興されようがされまいが関係ありません」

「『大黒屋』を再興させたいと思っているのは忠太郎だけか」

「そうです」

「兄弟は仲がよかったのか」

「あまり会うことはありません」

「毎年正月には、本郷の母親の実家に集まることになっているそうではないか」

「ええ。でも、私はお店がありますから」

「行ってない？」

「はい」

「今年の正月も皆集まったと言っていたが？」

「そうですか。なら、私以外が集まったのかもしれませんね。奉公人の身では、そんな自由はききませんから」

「では、『戸田屋』にいる忠四郎も？」

「わかりませんが、行けないんじゃないかと思います」

「兄弟全員が集まることはあるのか」

「親父の法事のときには集まりましたが……」

京之進は困惑した。忠太郎から聞いた印象とかなり違う。

「そなたは、『大黒屋』に思い入れはないのか」

「正直言って、あまりありません。十二のときからここに奉公に出されたのですから。他の兄弟も同じです。『大黒屋』に思い入れがあるのは兄の忠太郎だけだと思います」

忠次郎は突き放すように言った。

「父親のことはどう思っているのだ？」

「商売のことしか頭にないひとでした。跡継ぎの兄だけいればいいと思っていたのでしょう。だから、他の兄弟は皆、外に出してしまいました。親父によくしてもらったという思い出はありません」

「奉公には忠太郎も出ているが？」

「兄は『大黒屋』と同じ反物問屋です。跡継ぎだからです。それも、叔父の店。私たちは他人のところですから苦労が違います」

言い過ぎたと思ったのか、忠次郎はあわてて、

「すみません。恥を晒《さら》して」

と、自嘲《じちょう》ぎみに口元を歪めた。

「いや」

「そろそろ、仕事に戻りませんと」

「わかった」

忠次郎は会釈《えしゃく》をして客のところに戻った。

外に出てから、房吉が驚いたように口にした。

「『大黒屋』があんなことになったので、兄弟は皆ひとつにまとまっていると思っていました。意外でした」

「兄弟それぞれ思うところが違うのかもしれない。ともかく、今度は『戸田屋』にいる忠四郎だ」

京之進は池之端仲町に向かった。

『戸田屋』は足袋《たび》問屋だ。広い店の壁にはいくつもの抽斗《ひきだし》があって、それぞれ種類や大きさごとに分けられた足袋が納まっていた。

奉公人は客の求めに応じて、当該の抽斗から足袋を取り出している。

ようやく番頭が二十四歳ぐらいの男を連れてきた。鼻筋の通った顔だちは、忠太郎や忠次郎に似ていた。

「忠四郎を連れてまいりました」

番頭は言い、頭を下げて離れて行った。

「南町の植村京之進だ。そなた、『大黒屋』の四男だな」

京之進は忠次郎に告げたのと同じことから切りだした。

「はい」

「木挽町一丁目で『笹の葉』という呑み屋をやっているおさきという女と、大伝馬町の『香取屋』の番頭益次郎が続けざまに殺された」

「…………」

忠四郎は怪訝《けげん》そうな顔をした。

「おさきと益次郎という名に心当たりはないか」

「はい」

「十年前、『大黒屋』から盗品の反物を買ったのがおさきで、それを売ったのが当時手代だった益次郎だ」

「ああ」

忠四郎は思いだしたようだが、反応は鈍かった。

「あのとき、私は十四歳でしたし、すでに奉公に出ていたので……」

「『大黒屋』のことを、そなたはどう思っている?」

「どうと仰いますと?」

「盗品を扱ったことで闕所になったが、ほんとうにそんなことをしたと思っているか」

「長男の忠太郎兄さんは騙されたのではないかと疑っていました、でも」

「でも?」

「兄さんひとりで親父の汚名を雪ぐと騒いでいましたが、どうすることも出来ません。その騒ぎのとき、『大黒屋』にいなかったので……」

「あまり、実感がないということか」

「十歳で『戸田屋』に奉公に来ていたので、あまり『大黒屋』には……」

「そんなものか。生まれ育ったところであろう」

「十歳で追い出されたのですから」

「やはり、そなたもそう思っているのか」

「親父は厳しいひとでしたから。それに、子どもが多いのが悩みの種だったようです。だから、みんな外に追い出して」

　忠次郎と同じことを言っている。

「兄弟仲はどうなのだ？」

「兄弟と言っても、十歳から離ればなれですから」

「親しく付き合ってはいないのか」

「ときたま、忠太郎兄さんが顔を出しますが、かえって鬱陶《うっとう》しいだけです」

「忠太郎にいい感情を持っていないのか」

「『大黒屋』を再興したいと言っていましたが、私にはそんな気はありませんでした。再興したところで、『大黒屋』の主人は兄ですし、私は兄の下で仕《つか》える気持ちはありませんから」

「忠太郎に反発を？」

「親父は兄だけがいればいいと言っていたそうですから」

「そのことを誰から聞いた？」

「忠次郎兄さんです」

「忠太郎と忠次郎の仲はどうだったのだ？」

「仲は悪くなかったと思いますが、親父がなんでも忠太郎兄さんを第一に考えていたので、忠次郎兄さんは面白くなかったようです」

「そなたはどうだったのだ？」

「私も『大黒屋』の息子という思いはありませんでした」

「なぜだ？」

「私は親父への反発がありましたから。早くによそに出されたことが……」

「そうか。ところで、三男の忠三郎は奉公先を辞めたそうだな」

「はい。『大黒屋』の息子ということで、奉公先でかなりいじめられていたようです。ずっと耐《た》えていたようですが、『大黒屋』がなくなって四年後に、いじめを繰り返していた番頭と手代を殴《なぐ》って店を飛び出したそうです」

「今、忠三郎がどこにいるか知っているか」

「いえ」

忠四郎は俯いた。

「どうした？」

「三年くらい前に、うちの旦那さまが忠三郎兄さんをあるところで見かけたと教えてくれました」

「どこだ？」

「それが……」

「言いづらいところか」

「いえ」

忠四郎はためらってから、

「根津《ねづ》です。根津遊廓《ゆうかく》で客引きをしていたそうです」

と、口にした。

浅草奥山から根津に移ったようだ。おそらく、今はもう根津にいまい。

「忠三郎が『大黒屋』を陥《おとしい》れた者に復讐をすることは考えられないか」

「考えられません」

「そうか。わかった」

「いいでしょうか」

そう言い、忠四郎は頭を下げて離れて行った。

京之進は番頭に旦那を呼んでもらった。

ちょうど出かけるところだったらしく、恰幅《かっぷく》のいい羽織姿の男が奥から出たきた。

番頭が声をかけて、こっちを見た。

『戸田屋』の主人が近寄ってきた。

「これは旦那に親分さん。いったい何が」

戸田屋は不審そうにきいた。

「『大黒屋』のことだ」

「『大黒屋』？　忠四郎の実家だった『大黒屋』ですか」

「そうだ。そなたは『大黒屋』の忠兵衛とは親しかったのか」

「親しいというほどではありませんが、付き合いはありました。忠四郎のことも忠兵衛さんに頼まれたんです」

「忠四郎は『大黒屋』から追い出されたと感じているようだが？」

「それはありません。幼いうちから苦労させたほうが、その子のためというのが、忠兵衛さんの考えでしたから」

「そなたから見て、忠兵衛は息子たちに厳しかったと思うか」

「ええ、大層厳しかったですね」

「『大黒屋』は盗品を扱ったということで闕所になったが、そなたから見てどうだ。忠兵衛はほんとうに盗品を売っていたのか」

「私は信じません。忠兵衛さんは曲がったことが嫌いなお方でした。盗品に手を出すなんて」

「誰かにはめられたと思うか」

「そうだと思っていますが。でも、それ以上のことはわかりません」

「忠四郎の兄弟たちを知っているのか」

「いえ。ただ、忠三郎は知っています。忠兵衛さんから、忠三郎か忠四郎のどちらかを面倒見てくれないかと頼まれましたので」

「で、忠四郎を選んだのか」

「はい」

「わけは？」

「忠四郎のほうが忍耐強いように思えましたから」

「なるほど」

京之進は続けてきいた。

「三年前、根津遊廓で忠三郎を見かけたそうだが？」

「ええ、客引きをしていました」

「どこの遊女屋かわかるか」

「『松本楼《まつもとろう》』です。でも、もういないと思いますよ」

「今、どうしているか知らないか」

「ええ、まったく」

戸田屋は答えてから、

「いったい、何が？」

と、きいた。

ここでも、おさきと益次郎が殺された件を話した。

「兄弟の誰かが復讐をしているとでも？」

戸田屋は厳しい顔をした。

「考えられることは調べておこうと思ってな」

「さようですね。でも、ちょっと考えづらいですね」

「なぜだ？」

「忠四郎にしても、それほど『大黒屋』に執心していません。それに、なにより、今になって行動を起こすことが不自然だと思います。事件から間もないころならあり得たかもしれませんが」

「うむ」

京之進は呻《うめ》いた。

「旦那さま、駕籠《かご》が参りました」

手代が戸田屋に声をかけた。

「いろいろ参考になった」

京之進は礼を言い、戸田屋といっしょに外に出た。

駕籠に乗る戸田屋と別れ、京之進と房吉は通りに出た。

「忠五と忠六も関わりないだろうが、念のために会ってみよう」

「へい」

京之進と房吉は、忠五が弟子入りした錺職の伝蔵《でんぞう》の家に向かった。

三

西陽が屋根の上から射してきた。

京之進と房吉は神田三河《みかわ》町の伝蔵の家に着いた。

表通りに面した一軒家で、戸障子には大きな鑿《のみ》が描かれていた。

房吉が戸を開ける。土間の向こうの板敷きの間に、五人の男たちがそれぞれ背中を丸めて小机に向かっていた。

「いらっしゃいまし」

見習いらしい小僧が近寄ってきた。

「親方は？」

「へい」

小僧は板敷きの間の奥にいる男のもとに行った。

眉間に皺《しわ》を寄せた四十半ばと思える男がこっちを見た。

「手を止めさせてすまないが、忠五に会いたいのだ」

京之進は大声で言った。

右端にいた若い男が顔を上げた。

「忠五、旦那が用があるそうだ」

伝蔵は忠五に言ってからすぐに手を動かしはじめた。

忠五は立ち上がって上がり框まで出てきた。

「『大黒屋』のことできたい」

「『大黒屋』ですか」

「そうだ。外に出るか」

職人たちの耳を気にして言う。

「はい」

忠五は親方に会釈をし、土間に下りた。

外に出て、近くの空き地まで行く。

「『大黒屋』が闕所になったとき、そなたは幾つだった？」

「十二歳です」

「そのときは親方のところに住み込んでいたのだな」

「はい」

「おさきと益次郎という名前に心当たりはあるか」

「おさきと益次郎ですか。いいえ」

忠五は首を横に振った。

「おさきは盗品の反物を買った客で、益次郎はそれを売った『大黒屋』の手代だ」

「そうですか」

忠五の反応は鈍かった。

「そのふたりがどうかしたのでしょうか」

「先日、殺された」

「…………」

忠五は目を丸くしている。

「知らなかったか」

「知りません」

「そなたは、『大黒屋』の再興を願っているのか」

「いいえ、私は商家に生まれましたが商人は性に合いません。だから、親方のところに弟子入りをしたのです」

「『大黒屋』に未練はないのか」

「はい。錺職人としてやっていきたいと思っていますので」

「そなたたち、兄弟は仲がよくないのか」

「そんなことはないです。でも、それぞれ生きる道が違いますから」

「兄弟で会うことはあるのか」

「ときたま、おふくろのところに顔を出したときに、顔を合わすことはありますが、普段はまったく」

「寂しくないのか」

「私は九歳から親方に弟子入りしています。『大黒屋』が闕所になったときは驚きましたが、忠太郎兄さんのように落ち込んだりはしませんでした」

「なぜだろうか」

「親父は厳しいひとでしたから……」

　やはり、父親への反発のようだ。

「そんなに厳しかったのか」

「はい。躾《しつ》けが厳しく、朝の挨拶の仕方が悪いと言ってはよく叱られました。兄さんたちも遊びに行って帰りが遅いとよく怒鳴られていました」

「そんなに細かいことにまで厳しかったのか」

「忠太郎兄さんと妹のお糸《いと》だけには優しかったんです。忠次郎兄さんは、跡継ぎと女の子以外は、親父にとっては屑《くず》でしかないんだとよく言ってました」

　もうこれ以上きいても同じだった。

「最後にひとつ。忠三郎は今どこにいるか知らないか」

「いえ。忠三郎兄さんとは全然会っていません」

「そうか。すまなかった。もう行っていい」

「はい」

　忠五は会釈をして引き上げて行った。

「あと、忠六か。きくまでもないと思うが、念のために会っておこう」

「へい。場所は芝《しば》の露月《ろうげつ》町です」

京之進と房吉は日本橋を渡り、芝に急いだ。辺りは暗くなりはじめていた。

露月町の指物師の親方の家に着いたのは六つ半（午後七時）を過ぎていた。職人たちは仕事を終えて引き上げたあとだった。

誰もいない仕事場で、住み込んでいる忠六と会った。

「おさきと益次郎という名前に心当たりはあるか」

忠五のときと同じようにきいた。

「いえ。そのひとたちが何か」

「おさきは『大黒屋』から盗品の反物を買った客で、それを売ったのが益次郎だ」

「そうでしたか」

忠六はしんみりとし、

「『大黒屋』の事件は私が九歳のとき、こちらに弟子入りした直後でした。当時は泣きじゃくったことを覚えています。忠太郎兄さんがときたまやって来て、なぐさめてくれました」

「忠太郎は兄弟の面倒を見ていたのか」

「他の兄さんたちは忠太郎兄さんが苦手のようでしたが、私にはやさしかったです。おかげで、時が経《た》つうちに衝撃も薄らいでいきました」

「最近は忠太郎と会うことは？」

「ありません」

「他の兄たちと会うことは？」

「本郷の母親のところに行ったとき、誰かと顔を合わせることはありますが、ほとんど会うことはありません」

「兄たちを恋しいとは思わないのか」

「皆、それぞれ必死に生きていますから」

「ところで、忠三郎とはどうだ？」

「いえ、会っていません。ずいぶん昔に奉公先を辞めたそうですが、それから会っていません」

「そうか。わかった」

「あの」

忠六が恐る恐るきいた。

「さっきのおさきさんと益次郎さんはどうかしたのでしょうか」

「殺された」

「えっ」

「ふたりとも『大黒屋』の事件に関わっていたが、今度の殺しがそこに絡《から》んでいるかはわからない」

「………」

忠六は思い詰めたような目をし、

「ひょっとして、私たち兄弟の誰かが殺したと？」

と、きいた。

「なぜ、そう思う？」

「『大黒屋』の事件に関わった者が殺されたのです。私たちに疑いがかけられるのは当然だと思いました」

「そなたはどう思う？」

「今さらあり得ません」

「今さら？」

「昔は忠太郎兄さんも汚名を雪ぐと言っていましたが、他の兄さんたちはそんな気持ちを持っていません」

「忠三郎もか」

「忠三郎兄さんだってそんなに『大黒屋』に思い入れはなかったはずです」

「不思議なものだ。皆、自分の生まれた家に思い入れはないのだな」

「忠太郎兄さんだけです」

「しかし、忠太郎も奉公に出ていたではないか」

「叔父のところですから融通がきいて、ときたま『大黒屋』に帰っていたそうです。他の兄さんたちはそんな我《わ》が儘《まま》は出来ません」

忠六は寂しそうに言った。

「夜分にすまなかった」

京之進は礼を言い、指物師の親方の家を出た。


芝から八丁堀に帰ってきたのは夜の五つ半（午後九時）に近かった。さすがに、一日歩きまわって疲れを感じた。

組屋敷の路地に入ると、前方を行く着流しの武士が見え、青柳剣一郎だとわかった。その横にいるのは太助だ。

京之進は思わず足を速めて声をかけた。

「青柳さま」

剣一郎は立ち止まって振り返った。

「京之進か。遅くまでご苦労だったな」

「青柳さまもこんなに遅くまで」

「御用の筋で、築地明石町にいたんです」

太助が言った。

「私は芝の露月町からの帰りです」

京之進は口にする。

「『大黒屋』絡みの事件だな」

剣一郎がきいた。

「はい」

「何かわかったか」

「『大黒屋』の忠兵衛には七人の子どもがおりました。その中の誰かの仕業ではないかと睨んでいます。復讐です」

「復讐……」

剣一郎は言いさした。

「何か」

「いや、夜も遅い。妻女どのも待ちかねているだろう。早く帰ってやれ」

「はい。では、失礼します」

京之進は挨拶をし、同心の組屋敷地のほうに角を曲がった。剣一郎が何を言いかけたのか気になりながら、京之進は屋敷に向かった。


翌日の朝、京之進と房吉は本郷にある、『大黒屋』兄弟の母親の実家に行った。

母親のお豊《とよ》と娘のお糸は炭問屋の離れに住んでいた。

お豊は五十近い年齢で、暗い顔をしていた。京之進と房吉は庭先に立って、濡縁に出てきたお豊と向かい合った。

「今ごろ、何かあったのでしょうか」

『大黒屋』の件と言うと、お豊は不審そうにきいた。

「おさきという名に覚えがあろう」

京之進は口にする。

「ひょっとして、盗品だと騒いだ女ですね」

「そうだ」

「その女がどうかしたのですか」

「殺された」

「殺された？」

「それから手代の益次郎を覚えているか」

「はい。今は『香取屋』の番頭だそうですね。益次郎がどうかしたのですか」

「益次郎も殺された」

「まあ」

お豊は絶句した。

「益次郎はおさきに反物を売ったのだったな。それに、盗品の反物を引き受けるときに関与もしている」

「はい。うちのひとは益次郎を疑っていました。でも、証がありませんので。あっ」

お豊は悲鳴のような声を上げた。

「まさか、息子たちに疑いが？」

「念のためにきいてまわった」

「息子たちではありません」

「どうして、そう思うのだ？」

「長男の忠太郎以外、『大黒屋』のことを何とも思っていないのです」

「どうしてなのだ？」

「うちのひとへの反発でしょうか」

「そんなに厳しかったのか」

「はい。過酷過ぎると思うほどでした。でも、忠太郎には甘いので、弟たちは反発していたのです。それに、早々と奉公に出されたことも面白くなかったのでしょう。なにしろ、十歳前後で奉公に出されたのですから」

「なぜ、忠兵衛はそんなに厳しく当たったのだ？」

「何か考えがあってのことだったと思いますが、息子たちにはたまりません。うちのひとが島で死んだと知らされたときも、忠太郎以外には涙がありませんでしたから」

「忠兵衛は誰かにはめられたと訴えていたが、その見当はついていたのか。証がないから、吟味《ぎんみ》の場では口に出来なかっただろうが」

「私にも言いませんでした。確信が持てなかったからでしょう。へたに口にしたために、私たちに禍が及ぶことになったらと考えたのかもしれません」

「忠太郎は正月には兄弟がみな母親のところに集まると言っていたが?」

「皆、いっせいに集まることはありません。奉公の身では、自由がききませんから」

「忠太郎と忠次郎以下の弟たちの仲はあまりうまくいっていないのか」

「ええ。弟たちもお互いに疎遠で」

お豊は寂しそうに俯き、

「これも、うちのひとがいけないんです。もっと子どもたちを慈しんでいれば……」

と、嘆いた。

「『大黒屋』を再興させたいと思っていたのは忠太郎だけか」

「はい。でも、途中で諦めたようです。『大黒屋』を再興させるには、罠《わな》にはめられたことを明らかにしないと叶いません。奉行所のお裁きを覆《くつがえ》すことはとうてい無理ですから」

「だったら、『大黒屋』の再興を諦め、騙した連中に復讐をしようという気持ちにはならないか」

「忠太郎には無理です。そんな激しさはありません」

「『三沢屋』の主人が忠太郎を婿に望んでいることを知っているか」

「はい」

「忠太郎は拒んでいるようだ。『大黒屋』の再興か、あるいは復讐を考えているからとは考えられないか」

「いえ。忠太郎は『三沢屋』さんに迷惑がかかることを気にしているのです。『大黒屋』の伜《せがれ》だから……」

「忠三郎はどうだ?」

「忠三郎はうちのひとに反発していましたから、そんなことを考えるはずありません」

「ここに来ることは?」

「ほとんど来ません」

「今、どこにいるか、わからないのか」

「わかりません」

そのとき、背後で足音が聞こえた。

京之進が振り返ると、十七、八歳の端整な顔だちの娘が近づいてきた。京之進たちに会釈をし、お豊に声をかけた。

「おっかさん、何かあったのですか」

「お糸か」

京之進が声をかけた。

「はい」

「十年前のことを聞きに来た」

「十年前ですって」

「『大黒屋』が盗品を売った件だ」

「あれは、騙されたんです。おとっつあんはちっとも悪くありません」

「そなたは幾つだった？」

「七歳です」

「では、当時何があったかは詳しくはわかっていなかったのではないか」

「はい。でも、たいへんなことが起こったことはわかりました。おとっつあんは何も悪いことをしていないと、私に言いました」

「そなただけが、『大黒屋』に住んでいたのだな？」

「はい」

「『大黒屋』を騙した連中が誰か聞いているか」

「いえ」

「そなたは『大黒屋』を再興させたいと思っているのか」

「はい。おとっつあんの無念を晴らしたいです」

「しかし、他の兄たちにはその気がなさそうではないか」

「はい。私が男だったら……」

お糸は勝気そうな目を向けた。

「兄弟の誰かと会うことはあるか」

「いえ」

答えまで、一瞬の間があったように感じた。

「忠三郎が今、どこにいるか知らないか」

「忠三郎兄さんがどうかしたのですか」

「兄弟の中で、唯一行方がわからないので、きいているだけだ」

「どうして今ごろ『大黒屋』のことを調べているのですか」

「お糸」

お豊が声をかけた。

「十年前の盗品騒ぎに関わったひとが殺されたそうよ」

「おさきと益次郎だ」

「…………」

京之進は詳しく語った。

「それで、私たちを?」

「念のために調べているだけだ。忠三郎の行方を知らないか」

「知りません。二年前にここに来ただけです」

お糸は毅然《きぜん》として言う。

「忠三郎の特徴は?」

「細身で、浅黒い顔をしていました」

「間違いないか」

京之進はお豊に確かめた。

「はい。そのとおりです」

お豊は答える。

「もし、居場所がわかったら知らせて欲しい。確かめたいだけだから」

そう言い、京之進はお豊とお糸の前を辞去した。

本郷通りを歩きながら、

「お糸が一番、『大黒屋』に対して思い入れが強そうですね」

「おそらく、忠兵衛から可愛がられて育ったのであろう」

京之進はふと思いだしたことがあった。

「さっき、兄弟の誰かと会うことはあるかという問いかけに、お糸は返事まで一瞬の間があった」

「ええ、ひょっとして誰かと会っているのかもしれませんね」

「忠三郎かもしれない」

京之進は頭の中を整理しながら、

「兄弟の中で、自由に動き回れるのは忠三郎だけだ。ただ、忠三郎には『大黒屋』の再興や父親の汚名を雪ぐという思いは希薄であるように思われた。だが、忠三郎とお糸が結びつけば……」

と、想像した。

「旦那。あっしはこれから根津の『松本楼』に行き、忠三郎のことを調べてきます」

房吉が気負って言う。

「よし、頼む、忠三郎に的を絞ろう」

「へい」

房吉と途中で分かれ、京之進は奉行所に向かった。

四

昼過ぎ、剣一郎と太助は三十間堀一丁目の『近江屋』の前に来ていた。

主人の兵五郎が駕籠で出かけて行くのを確かめてから、剣一郎と太助は『近江屋』の店の並びにある家族用の戸口に向かった。

太助が格子戸を開け、中に呼びかける。

すぐに女中が出てきた。

「すまねえ。内儀さんを呼んでもらいたい。南町の青柳さまだ」

太助の言葉にあわてて女中は奥に引っ込んだ。

すぐに、内儀のお新がやって来た。

「青柳さま。まだ、何か。石松のことなら、心配いりませんよ」

お新が先手をとるように言った。

「そなたは先日、南小田原町にある菓子屋に行ったそうだな」

「ええ。友達なので」

「そこで一刻（二時間）ほど過ごしたようだが」

「はい。気が合う友達といると、時の経つのも忘れてしまいます」

「往復に、不安はないか」

「ありません」

お新は自信たっぷりに言う。

「じつは、築地明石町でそなたに似た女を見かけたという話を聞いたのだが？」

「…………」

「そっちにも行っているのか」

「いえ、行きませんよ。誰が見かけたか知りませんが、ひと違いじゃありませんか」

お新は言い繕《つくろ》う。

「そうか」

剣一郎は間を置き、

「つかぬことをきくが、亭主の兵五郎には外に女がいるな」

と、ずばりと言った。

お新は唖然としていた。

「どうだ、知っているな」

「はい」

「いつからだ？」

「長いと思います」

「石松の件があった以前からか」

「…………」

「そうなんだな」

剣一郎は返答を迫った。

「はい」

「七年前、石松がそなたの部屋に押し入ったときも、兵五郎は女の家に行っていたそうだな？」

「はい」

「だが、思いがけず、兵五郎が帰ってきた」

「そうです。ですから、石松の魔の手から逃れることが出来たんです」

「ほんとうは、兵五郎が女の家に泊まりに出かけた夜は石松が……」

「何を仰いますか」

お新は剣一郎の言葉を遮《さえぎ》った。

「違うか」

「違います」

「兵五郎には決して言わぬ。ただ、石松の動きが気になるだけだ」

「ですから、心配いりません。石松は仕返しをするような男ではないんです。それに、やっと江戸に戻ってこれたのです。また、騒ぎを起こしてお縄になるようなばかな男ではありません」

「そなたは石松が絶対に危害を加えにこないという確信があるようだが」

「石松の性分を知っていますから」

「しかし、島流しに遭ったんだ。島にいた七年近くで、考えも変わろう。島役人は庄屋から石松が復讐を考えているようだと聞いているのだ」

「何かの間違いです」

お新は言い、

「私の身を案じてくださるのはありがたいことだと思っておりますが、ありもしないことに怯《おび》えても。もし、そうであれば、とっくに襲われているはずです」

「確かに、そのとおりだ」

剣一郎はそう答えながらもお新のあまりに自信に満ちた言い方に不審を持った。

「確かに、仕返しをするならとうにしているはずだ。それが仕返しをしないというのは、石松はそなたにまだ特別な気持ちを抱いているからではないか」

「そんなことありません」

「どうして、そう思うのだ。石松が一方的にそなたに懸想《けそう》していたとしても、あるいはそなたと深い仲だったとしても、石松は今でもそなたを想っている。そのことを、そなたは知っているのではないか。だから、自分を襲わないと自信を持って言えるのではないか」

「………」

「そなた、すでに石松に会ったのではないか」

「そんなこと、ありません」

お新は顔をそむけた。

剣一郎はお新が何かを隠しているような気がしてならない。よほど、岡太郎のことを持ち出してみようかと思ったが、どうにか堪えた。

「そなたと、兵五郎の夫婦仲はどうなのだ？」

「いたってよございます」

お新はすました顔で言う。

「兵五郎に女がいても気にならないのか」

「諦めていますから」

「それだけで済むのか」

「………」

「兵五郎がそなたと別れ、妾《めかけ》をこの家に引き入れるかもしれぬではないか」

「それはあり得ません」

「どうしてそう言い切れる？」

「その女は料理屋の女です。商売のことはわからないようですから、商家の内儀は務まりません」

「なるほど。『近江屋』の繁盛の裏にはそなたの存在も大きいというわけか」

「それはどうかわかりませんが」

お新は含み笑いをした。

「子どもはいないのか」

「妾に男の子がいます」

「兵五郎の子か」

「はい」

「今、幾つだ？」

「六歳だそうです」

「では、その子が『近江屋』を継ぐのか」

「はい」

「そなたは、それでいいのか」

「仕方ありません」

「そうか」

ふと、剣一郎はある想像をした。

「七年前、そなたは……」

剣一郎は言いさした。

「なんでしょうか」

「いや、やめておこう」

「どうぞ、仰ってください。気になります」

「そなた、ほんとうは石松と出来ていたのではないか」

「それは何度も違うと言ったはずです」

「わしは、こう想像した。そなたは石松と情を通じ、子を宿そうとしたのではないかとな。つまり、跡取りを我が子に」

「まさか、そんなことを……」

お新の顔が引きつっていた。

「よけいなことを言った。邪魔をした」

剣一郎は茫然《ぼうぜん》としているお新に挨拶をして外に出た。

その日の夕方から、剣一郎は築地明石町の岡太郎の家の近くに来ていた。

「帰ってきました」

通りを見ていた太助が叫んだのは暮六つ（午後六時）の鐘が鳴り終えたころだった。

路地に身を隠していた剣一郎は編笠を指で押し上げた。

風呂敷包みを背負った二十六、七の男が岡太郎の家に近づいてくる。眉尻がつり上がり、鼻梁《びりよう》も通り、鋭い顔つきの男だ。

男は岡太郎の家に入って行った。

「あの男が岡太郎か」

剣一郎は思わず口にする。

「そうです。どうしますか。会ってみますか」

「いや。今、会ったら警戒されて、それ以降のお新との密会場所を変えてしまうかもしれない。もうしばらく様子をみよう」

「はい」

「しかし、石松はほんとうにお新を襲うだろうか」

剣一郎はその疑問がまだ頭から消えずにいた。

亭主の兵五郎には妾がいて、ときたま妾のところに泊まりに行っていたようだ。

兵五郎の留守に、お新が石松を部屋に招き入れていたことは、今のお新の行状からして十分に考えられる。

が、その日は泊まってくるはずの兵五郎が帰ってきた。驚いたお新は手込めにされそうになったと嘘をつく。

石松はお新に裏切られた。兵五郎を突き飛ばして逃げたが、すぐに捕まった。自分の訴えは聞き入れてもらえず、遠島の沙汰が下った。

確かに、石松は裏切ったお新を恨んだに違いない。しかし、お新は石松に襲われる心配はないと自信を持っていた。

その自信はどこから来るのか。

すでに、石松はお新の前に現われていたのではないか。そこで何らかの話し合いがついて、石松は二度とお新の前に現われないと約束をした。金で解決を図ったか……。しかし、もうひとつの考えもある。

岡太郎とお新が石松を……。

「岡太郎が出てきました」

その声で、剣一郎は我に返った。

岡太郎は家を出て、木戸に向かった。

剣一郎は木戸を出て行く岡太郎を見送る。細身で、やや内股で歩く。身が軽そうだ。

あとをつける。通りに出て、岡太郎は明石橋のほうに向かった。

「あまり近づくな」

剣一郎は注意をした。

「奴は常に背後に目を配っている」

「じゃあ、あっしたちのことがばれて……」

「いや、違う。常に辺りに目を配る習性が身についているようだ」

「………」

「どうやら、単なる小間物屋ではない」

「どういうことですか。小間物屋は隠れ蓑《みの》で、本業は別にあると?」

「うむ」

剣一郎は厳しい顔で頷く。

明石橋の袂《たもと》に赤提灯が灯っていた。岡太郎はその居酒屋に入って行った。しばらく経って、剣一郎は戸口に立ち、縄暖簾の隙間から店の中を見た。

岡太郎は小上がりに座り、ひとりで酒を呑《の》んでいた。

「誰かが来るのでしょうか」

「そのような気配はないが」

剣一郎と太助はその場を離れた。

明石橋の袂の暗がりに立ち、剣一郎はさっき考えたことを太助に聞かせた。

「石松がすんなり引き下がるとは」

太助は石松が殺されているのではないかと言った。

「そこまでするとは思えぬが」

剣一郎は自分で想像しながら首を傾《かし》げた。

「いずれにしろ、お新が言うように、石松が現われることはないかもしれぬな」

「岡太郎に当たってみますか」

石松が殺されているかもしれないとなると、悠長《ゆうちょう》なことは言っていられない。しばらく様子を見るつもりだったが、剣一郎は意を決した。

「よし。会ってみよう」

「へい」

太助は居酒屋まで様子を見に行った。戸口に立って中を見ている。

あわてた様子で、太助が戻ってきた。

「たいへんです、岡太郎がいません」

「なに、いない？」

「さっき岡太郎が座っていた場所に別人が座っています」

「行ってみよう」

剣一郎は居酒屋に行き、戸障子を開けた。

確かに、岡太郎はいない。

編笠をとり、剣一郎は店に入った。客で賑《にぎ》わい、話し声や笑い声で喧《やかま》しい。

奥から亭主らしい男が出てきた。

「これは青柳さまでは」

「岡太郎という男がさっきまで小上がりにいたはずだが？」

剣一郎はきいた。

「はい。おりました」

「どこに行った？」

「裏から出て行きました」

「裏から？」

「ときたま、裏から出て行きます」

「ときたま？」

「はい。不思議なひとで」

「戸口まで行き、引き返して裏口から出て行ったのではないか」

戸口から橋の袂の暗がりにいる剣一郎たちを認め、裏口から出たのかもしれない。

「いえ、まっすぐ裏口に向かいました」

「裏口から出て行く理由はなにか聞いてないか」

「験《げん》を担《かつ》いでいると」

「験だと？」

「はい。そう言ってました」

「そうか。わかった、邪魔をした」

剣一郎と太助は居酒屋を出て、岡太郎の長屋に急いで戻った。

「こっちに気付いたのでしょうか」

「いや、気付かれてはいないはずだ」

長屋木戸を入り、岡太郎の家の前に立った。

太助が戸に手をかける。すんなり開いた。

「ごめんなさいな」

太助が呼びかける。

だが、誰も出てこない。中は真っ暗で、ひとのいる気配はなかった。

土間に入り、四半刻（三十分）ばかり待ったが、帰ってくる気配はなかった。

「引き上げよう」

剣一郎は太助に声をかけて外に出た。

ただの小間物屋ではない。剣一郎は岡太郎に対して疑惑が増していた。

五

翌日の朝、剣一郎は濡縁で髪結《かみゆ》いに月代《さかやき》を当たってもらっていた。

「ここ数年、旗本屋敷にネズミが出ていたそうです」

髪結いが月代を剃《そ》りながら言う。

「盗人か」

「ご存じでしたか」

「先日、聞いたばかりだ。盗みのあと、白いネズミの画《え》が描かれた紙切れが置いてあるそうではないか」

「そうです」

髪結いは噂を運んできてくれる。

「また、出たのか」

「いえ、逆なんです」

「逆？」

「ネズミが出ていないそうです」

「どういうことだ？」

「ある旗本は三度もネズミに入られたそうです。それで、御用人さまが他の旗本屋敷に注意を呼びかけたそうです。ところが、ここ二カ月ばかり、出ていないそうです」

「入られた側が、世間体を慮《おもんぱか》って盗まれたことを隠しているのではないか」

そこが旗本屋敷に忍び込む盗人の狙いだと、剣一郎は指摘した。

「そうかもしれませんね」

「それにしても、その御用人は他の屋敷にまでネズミが出ていないかをきいてまわっていたのか」

「三度も入られて、かなり頭に来ていたようです」

「ネズミは盗みをやめたか。まさか、改心したわけではあるまい」

「その御用人さまが言うには、狙いを旗本屋敷から大名屋敷に替えたのではないかと」

「大名屋敷だと？」

「その御用人さまの呼びかけで、どこの旗本屋敷も警戒が厳重になったようです。それで、狙いを大名屋敷に」

「なるほど。ネズミが出なくなったのではなく、今度は大名屋敷のほうが被害を隠しているから表に出てこないのか」

「へい、お疲れさまでした」

髪結いが肩の手拭《てぬぐ》いを外して言う。

「ごくろうだった」

剣一郎はねぎらう。

髪結いが引き上げたあと、庭先に太助がやって来た。

「昨夜、岡太郎は帰っていませんでした」

「どこへ行ったのか」

剣一郎は首をひねった。

「まさか、逃げたわけじゃ？」

「逃げる理由はない」

「そうですね」

「仕事は休むつもりか」

「青柳さま。ちょっと気になることが」

「なんだ？」

「へえ」

　太助は言いよどんだ。

「どうした？」

「じつは昨晩、猫の鳴き声がしたので、つい岡太郎の部屋に……」

「部屋に上がったのか」

　剣一郎は叱るように言った。

「すみません」

「他人の家に勝手に上がり込んではだめだ」

「はい」

　太助はしょんぼりした。

「猫はどうした？」

「はい。近所の家の猫でした。返してやったら、喜ばれました」

「で、気になることと言うのは？」

「居間に掛け軸が掛かっていたんですが、白いネズミの画で……」

「白いネズミとな」

「はい」

太助は大きく頷き、

「さっき髪結いの話の中で白いネズミと言っていたので、ちょっと気になって」

「白ネズミは大黒《だいこく》さまの使者と言われ、縁起物《えんぎもの》だ。だから、不審とも思えぬが……。盗人が置いていった白いネズミの画を見ていないのでなんとも言えないが、確かにちょっと気になる」

剣一郎は言い、

「岡太郎という男はただ者ではない」

と、鋭い目を向けた。


奉行所に出仕した剣一郎は、すぐに宇野清左衛門に会いに行った。

いつも朝の早い清左衛門はすでに文机に向かっていた。

「宇野さま。よろしいでしょうか」

「青柳どのか」

筆を置き、清左衛門は振り返った。

「石松の件で何か」

「いえ。石松が現われた形跡はありません。内儀のお新が石松は現われないとはっきり口にしていることが気になります」

小間物屋の岡太郎のことを話し、

「なんらかの話し合いがついたのか、あるいは石松の身に何か……」

剣一郎は想像を口にした。

「それはこれから調べます」

「うむ」

「じつは妙なことを耳にしました。数年前から旗本屋敷に盗人が忍び込み、白いネズミの画を置いて行くと」

「耳にしたことがある」

清左衛門は即座に応じた。

「一度、御徒目付《おかちめつけ》がわしのところに相談にきた。旗本屋敷専門の盗人がいるという噂を耳にしたが、旗本に聞き込んでも、みな被害を否定していると。そこで、わしが親しくしている旗本の御用人にきいたら、内密にということでこっそり教えてくれた。やはり、白ネズミの盗人に入られたと」

「どうして、旗本は被害を訴えないのでしょうか。体面でしょうか」

「盗まれたのは多くて二十両。だいたい十両前後。だから、世間体を考えて泣き寝入りをしてしまうようだ」

「十両にしても大金です。それを世間体の問題で、泣き寝入りですか」

「だから、御徒目付は実態をつかめずにいるのだ。旗本の奉公人から漏《も》れ伝わってきても、肝心《かんじん》の殿さまや御用人たちが否定しているようだ」

剣一郎は首を傾げた。

それほど体面に関わることだろうか。盗人を捕まえたいという気持ちはないのか。そこが不思議だった。

「宇野さま。その御用人どのにお目にかかることは出来ませんか」

「白ネズミに興味が?」

「はい。少し、調べてみたいと思いまして」

「そうか。きいてみる」

「お願いいたします。では」

剣一郎は一礼して腰を上げた。

与力部屋に戻ったとき、風烈廻り同心の礒島源太郎と大信田新吾が挨拶にやってきた。夜廻りの同心との交替で、これから見廻りに出るところだ。

「青柳さま、では、出かけてきます」

源太郎が告げた。

「ごくろう」

剣一郎はふたりに声をかけたが、いつも明るい新吾の目の辺りに、翳《かげ》があるような気がして、おやっと思った。

「新吾」

「はっ」

剣一郎は声をかけた。

「どうした？　元気がないようだが」

「そんなことはありません」

「ならいいが」

傍らで、源太郎が何か言いたそうな顔をした。が、新吾を一瞥《いちべつ》して言葉を呑んだ。

「では、行ってまいります」

源太郎が腰を上げ、新吾も立ち上がった。

ふたりが出ていったあと、源太郎だけが戻ってきた。

「青柳さま。新吾のことでお話が。今宵《こよい》、お屋敷にお伺いしても」

「構わぬ。五つ（午後八時）ごろならおる」

「わかりました」

源太郎はそそくさと去って行った。

新吾は何か屈託《くったく》があるようだ。悩みとは無縁そうだった新吾に何かあったのか気になった。


その日も夕方から、剣一郎は築地明石町の岡太郎の家の近くに来ていた。

「帰ってきました」

木戸をくぐって、岡太郎が自分の家に向かった。小間物の荷を背負っているのは、朝方太助が引き上げたあと、いったん帰ってきたのだろう。

岡太郎が戸を開けて中に入ったとき、剣一郎と太助は近づいた。

気配に気づいて、岡太郎が振り向いた。

眉根を寄せて、剣一郎を見ている。

「南町の青柳剣一郎だ。少し、話を聞きたい」

「はい」

岡太郎は戸惑ったように返事をし、

「いま、灯《あかり》をつけます」

と、部屋に上がった。

剣一郎と太助は土間に入った。

行灯に灯が入り、辺りがほんのり明るくなった。

「あっしに何か」

上がり框に畏《かしこ》まって、岡太郎がきいた。

「昨日訪ねたのだが、そなたは留守だった。夜も帰って来なかったようだが、どこに行っていたのだ？」

「昨夜ですか」

岡太郎は右手で後頭部をこすり、

「じつは、女のところに」

と、言った。

「女？」

「岡場所です」

「そなたは岡場所に行くのか」

「へえ、独り者ですからね」

「どこだ？」

「深川です」

岡太郎は答えたあとで、

「いったい、あっしに何か」

と、きいた。

「『近江屋』の内儀のお新を知っているな」

「…………」

「どうだ？」

「へえ、知っています」

「どういう関係だ？」

「あっしは小間物の商売で『近江屋』に出入りをしていますので」

「いつからだ？」

「なぜですかえ」

岡太郎は開き直ったようにきき返す。

「『近江屋』にいつから出入りをしているという問いに答えられないのか」

「いえ、そうじゃありません。いったい、何の疑いがあっていろいろきかれるのかと思いましてね」

「何の疑いもない。ただ、そなたに確かめたいことがあるのだ」

「なんでしょうか」

「『近江屋』のお新が時折ここにやって来るな」

「…………」

岡太郎は顔色を変えた。

「どうだ？」

「へえ、そのとおりで」

「いつからだ。お新との仲は？」

「三、四カ月ほど前です」

「石松という男を知っているか」

「…………」

「どうした？」

「いえ、知りません」

「そなたとお新の前に、現われたのではないか」

「いえ、知りません」

岡太郎は否定した。

「お新から、石松の名を聞いたことはあるか」

「いえ」

「そなたはお新とどのくらいの頻度《ひんど》で会っているのだ?」

「十日に一度です」

「相手の亭主に知られたらどうするつもりだ?」

「亭主のほうにも女がいるようですから、おあいこでは……」

「なるほど。しかし、そなたとのことが亭主に知れたら、お新はどうなる?」

「知らせるのですか」

「いや。そのような真似はせぬ」

「なら、ばれる恐れはありません」

岡太郎は言い切った。

「自信がありそうだな」

「はい」

岡太郎は含み笑いをした。

「昨夜、岡場所に行ったと言っていたが、一昨日にはお新と会っているではないか。それでも、岡場所に行きたくなるのか」

「また、お新さんとは別の趣《おもむき》がありますんで」

岡太郎は平然と言う。

「じつは、そなたに謝らねばならぬことがある」

剣一郎は口調を改めた。

「なんでしょうか」

岡太郎は不思議そうな顔をした。

「じつはここにいる太助は猫の蚤取《のみと》りを生業としているのだが」

「…………」

「ゆうべ、そなたを訪ねたとき、猫の鳴き声がしたのでつい勝手に上がってしまったそうだ」

「どうも申し訳ありません」

太助が頭を下げた。

「そんなことですか」

意に介さずに、

「ここには金目のものはないので問題はありませんぜ」

と、岡太郎は言った。

「そうか。許しを得て安堵《あんど》した」

剣一郎はそう言ってから、

「ところで、居間に白ネズミの掛け軸があるそうだが」

と、切りだした。

「あれですか。いつぞや、浅草のほうの骨董《こっとう》屋で手に入れたのです。白いネズミは大黒さんの使いで縁起がいいからって勧められましてね」

「そうか。で、何かいいことはあったか」

「ええ、おかげで商売は順調にやらしていただいております」

「そんな霊験《れいげん》あらたかなのか。見てみたいものだ。どうだ、見せてもらえぬか」

「構いません。今、お持ちします」

岡太郎は立ち上がって奥に向かった。

掛け軸を手に戻ってきた。

「どうぞ」

岡太郎は剣一郎の目の前に掛け軸を晒《さら》した。

ネズミは左を向いている。黒い縁取りで、体は白い毛が細かく描かれていた。今にも動きだしそうな画だ。

「見事だ。さぞかし、名のある絵師が描いたのであろうな。いい目の保養をさせてもらった」

剣一郎は感嘆した。

「恐れ入ります」

岡太郎は軽く頭を下げてから、

「先ほど、猫の鳴き声がしたと仰っておいででしたね」

と、太助の顔を見た。

「ええ、居間にいました」

「隣の猫が勝手に入ってきて、この白いネズミをじっと見つめているんです」

「画のネズミを狙っていると？」

剣一郎は驚いてきいた。

「おそらく」

「うむ」

猫が狙うのがわかるような見事なネズミだった。

「掛け軸まで見せてもらってすまなかった。大事にすることだ。邪魔をした」

剣一郎は別れの挨拶をしてから、

「そうそう、万が一、石松が現われたら知らせてもらいたい」

と言い、土間を出た。

「ずいぶん、肝っ玉の太い野郎ですね。青柳さまの前でもまったく動じませんでした」

太助が呆れたように言う。

「いや、かなり虚勢《きょせい》を張っているように思えた。やはり、触れられたくない何かがあるようだ。いずれにしろ、単なる小間物屋ではない」

剣一郎は言い切った。

その夜、太助とともに夕餉《ゆうげ》を済ませ、部屋でくつろいでいると、五つ（午後八時）ちょうどに礒島源太郎がやってきた。

「あっしは多恵さまのところに行っております」

太助は気を利《き》かせて部屋を出ていき、剣一郎は源太郎と差向かいになった。

「源太郎、珍しいではないか」

「はい。奉行所では人目があるのでなかなかお話し出来ませんので」

源太郎は真剣な表情で言う。

「新吾のことか」

「はい」

「聞こう」

「数日前から、新吾は何か思い悩んでいる様子なのです」

「朝方会ったときも、暗い顔つきであったな」

剣一郎はそのときの新吾の顔を思い浮かべた。

「はい。先日も見廻りのとき、突然、新吾が四半刻（三十分）ほど暇《ひま》が欲しいと言い出したのです。それで、私は天王町の自身番で待っているからと言い、新吾と分かれました。でも、気になってあとを」

「うむ」

剣一郎は頷いて聞いた。

「新吾は鳥越神社に入っていきました。そこで、二十五、六の男と会っていました。細身で浅黒い顔の男でした。その男に、新吾は何か訴えていました」

源太郎は続けた。

「その夜、気になって、新吾の家に行ってみたのです。すると、木戸から昼間の男が出てきました。私はその男の正体を突き止めようとあとをつけたのですが、永代橋を渡ったところで見失ってしまいました」

「相手はそなたの尾行に気づいたのか」

「はい。永代橋を渡り切ったところに夜鳴きそば屋が出ていて、男はその屋台に寄ったのです。そこで逃げられました」

源太郎は口惜しそうに言い、

「その翌日から、それとなく新吾の様子を窺っているのですが、相変わらずため息をついたりしているので、思い切って当人にきいてみました。そしたら、なんでもないの一点張りで」

「男についてきいてみたのか」

「はい。でも、なんでもないと言うだけで、何も語ってくれません」

「そなたはどう思っているのだ？」

「私は……」

一呼吸間を置いてから、

「新吾はあの男に弱みを握られているのではないかと」

と、不安を口にした。

「弱みか」

「おそらく、女のことかと」

「新吾は好きな女子がいると言っていたが、その女子に会ったことはあるのか」

「いえ、ありません」

源太郎は身を乗り出し、

「お願いです。青柳さまから新吾に訊ねていただけないかと」

と、訴えた。

「いや、わしよりそなたのほうが話しやすいはずだ。わしがきいたからと言って、話してはくれまい」

「…………」

「だが、このまま捨てておくことも出来ぬ」

剣一郎は腕を組んで考え込んだ。

が、すぐに腕組みを解いた。

「やはり、ここはそなたにやってもらうしかない」

「私にですか」

「新吾はそなたを兄のように慕っている。常に自分のことを気にかけてくれていることを新吾は知っている」

「…………」

「どうしてもというときには乗り出すが、わしがしゃしゃり出ないほうがいい。わしは知らないことにしておこう」

「わかりました。そうします、青柳さまにそう言われ、決心がつきました。場合によっては、新吾にもっと強く出てみます」

「それがいい。それから、わしは女のこととは思えぬのだ。それに、脅《おど》されているというのも新吾らしくない」

「…………」

「新吾はひとがいい。もしかしたら、新吾が会っていた男が問題を抱えているのかもしれない」

「その男のことを新吾が心配していると？」

「そのほうが新吾らしいと思わぬか」

「確かに」

源太郎は目に生気を蘇《よみがえ》らせ、

「わかりました。そういった目で改めて新吾を見てみます」

源太郎は勇んで引き上げて行った。

ひとりになると、剣一郎は再び新吾のことに思いを馳《は》せた。その男のことで新吾が悩んでいるとしたら、男にはよほどのことがあるに違いない。

多恵と太助が部屋にやって来て、賑やかになった。

第三章　島帰りの男

一

京之進は上野山下の五條天神《ごじょうてんじん》の裏手に駆《か》けつけた。野次馬を掻《か》き分けて、前に出る。

裏塀のそばに羽織を着た男が横たわっていた。のどかな陽光が場違いなようにホトケに当たっていた。

「旦那」

房吉が声をかけた。

「殺しか」

「はい。顔に殴《なぐ》られた痕《あと》がありますが、致命傷は心ノ臓の一突きです」

京之進はホトケの前にしゃがみ、手を合わせてから死体を検《あらた》めた。確かに、顔は腫《は》れて、唇が切れていた。

三十七、八歳ぐらいの中肉中背の男だ。胸から血が流れていた。
「殺されたのは昨夜だな」

京之進は呟《つぶや》いてから、

「死体を見つけたのは？」

「五條天神に朝早くお参りにきた近所の隠居《いんきょ》です」

「身許《みもと》はわかったのか」

「はい。上野元黒門町《もとくろもんちょう》の『升田屋《ますだや》』の主人功太郎《こうたろう》です。昨夜、暮六つ（午後六時）前に出かけたきり、四つ（午後十時）を過ぎても帰ってこなかったので、番頭が自身番に知らせたそうです。さっき、その番頭が駆けつけ、ホトケを確認しました」

京之進は改めてホトケの顔を見た。

「似ているな」

「えっ？」

房吉が覗《のぞ》き込む。

「『香取屋』の益次郎と同じだ。首にもつかまれた痕がある。下手人は何かをきき出そうとして暴行を加えたのだ」

「じゃあ、同じ下手人で？」

「うむ。心ノ臓を一突きで絶命させているのも同じだ」

京之進ははっとし、

「『升田屋』の番頭は？」

「今、店に知らせに戻りました」

「『升田屋』に行ってみる。早急に確かめたいのだ。ここを頼んだ」

と、房吉にあとを任せて上野元黒門町に急いだ。

鼻緒問屋の『升田屋』は漆喰《しっくい》土蔵造りで、二間（三・六メートル）ほどの間口の脇に升田屋と書かれた看板がかかっていた。

京之進は土間に入った。奉公人たちは顔を寄せ合っていた。動揺しているようだ。

「番頭はいるか」

京之進は奉公人に声をかける。

奥から、番頭らしい男が出てきた。

「これは旦那」

「確かめたいことがある。この店は出来て何年だ？」

「はい。九年になります」

「主人の功太郎はそれまで何をしていた?」

「どこぞで奉公していたと聞いています」

「名は変えたのか」

「名ですか。さあ、わかりません」

番頭は不審な顔で、

「それが何か」

と、きいた。

「いや、ただの確認だ。妻女はどうしている?」

「今、寝込んでいます」

「話は出来そうか」

「いえ、今は無理かと」

「そうか」

無理に押しかけるわけにはいかない。

「昨夜、功太郎はどこに出かけたのだ?」

京之進はきいた。

「行き先は仰《おつしや》いませんでした」

「最近、功太郎の様子はどうだったのだ？」

「はい。ちょっと元気がないように思えました」

「元気がない？」

「はい、いつも店に出てきて、あれこれ指図をするのですが、最近は声に力がなかったんです。商売がうまくいっていないせいもありますが、他になにか心配事があるんじゃないかと……」

「何か思い当たることは？」

「私の勝手な想像ですが……」

番頭は眉根を寄せ、

「『香取屋』の番頭の益次郎さんが殺されたことが大きいのではないかと」

「『香取屋』の益次郎だと？　益次郎とは親しかったのか」

「はい。ときたま、益次郎さんが訪ねてきていました」

もはや、間違いない。功太郎は『大黒屋』の盗品の件に絡《から》んでいたのだ。

下手人は益次郎から功太郎のことを聞き出したのかもしれない。そして、おさき、益次郎、功太郎と立て続けに殺していった。

下手人の意図は明白だ。

「また、あとで改めて来る」

京之進が引き上げようとしたとき、店先に空の大八車が停まった。

「旦那を引き取りに行くところです」

番頭が言った。

「あと四半刻（三十分）してから来るがいい」

京之進はそう言い、五條天神裏に戻った。

「旦那」

房吉が近寄ってきた。

「目撃者が見つかりました」

「誰だ？」

「車坂町《くるまざか》に住む銀蔵《ぎんぞう》という職人です。向こうで待たせています」

房吉はそう言い、少し離れた木陰に立っている男のところに向かった。

「さっきの話を旦那にもう一度してもらおうか」

房吉が銀蔵に言う。三十歳ぐらいの細い目の男だ。

「へえ、上野山下の居酒屋で呑《の》んで、五條天神を突っ切って帰ろうとしたんです。そしたら、羽織姿の男と遊び人ふうの男が境内にいました。何か不穏な感じでしたが、あっしはそのまま裏手から出て行ったんです」

銀蔵は一息つき、

「今朝、仕事に行くとき、ここに差しかかったら、殺しがあったって言うじゃありませんか。殺されたのが羽織を着た男と聞いて、もしやと思い、親分さんに昨夜のことをお話ししたってわけです」

「遊び人ふうの男の顔を見たのか」

「いえ、暗かったので顔はわかりません。でも、背格好は覚えています」

「何刻だ?」

「五つ半(午後九時)を過ぎてました」

「よし。あとで、下手人が挙がったら確かめてもらうかもしれぬ」

「わかりやした」

銀蔵が引き上げてから、

「功太郎はやはり十年前の『大黒屋』の件に関わっているようだ。もしかしたら忠兵衛が言っていた、大門さまの家来に扮した男か仲買人の男のどちらかかもしれぬ」

と、京之進は想像し、

「益次郎とそのふたりは仲間だった。下手人はそう思って、益次郎からそのふたりの男の正体をきき出し、襲ったのではないか」

「事件の構図が見えてきましたね」

「忠三郎の行方はまだか」

「へえ、根津遊廓の客引きが、門前仲町で見かけたことがあると言ってました。今、手下を聞き込みにやらせています」

房吉は答えてから、

「やはり、忠三郎は細身で、色の浅黒い男だそうです」

「よし、徹底的に忠三郎を探すのだ」

「へい」

京之進は改めて現場を見た。

下手人はここで功太郎を拷問《ごうもん》したのだろうが、新たな名を得たのか。もし、きき出していれば、次に狙《ねら》われるのは誰か。

たとえ事情がどうあろうと、これ以上のひと殺しは許されない。京之進が勇んだとき、『升田屋』の大八車がやってきた。

大八車に乗せられる遺体を、京之進はじっと見つめていた。

夕方になって、京之進は房吉とともに上野元黒門町の『升田屋』を再び訪れた。

大戸は閉じられていた。主人が殺されたので数日は休業のようだ。

功太郎の亡骸《なきがら》は庭に面した部屋で北枕に寝かされていた。逆さ屏風《びょうぶ》の前に経机《きょうづくえ》が置かれ、線香から煙《けむり》が立ち上っている。

弔問客《ちょうもん》が続々とやってきているので、京之進は別間で内儀と向き合った。

「もう起きて大事ないのか」

京之進はきく。

「はい。少し落ち着きました」

「下手人を捕《つか》まえるためだ。幾つか教えて欲しい」

「はい」

「この店は九年になるそうだな」

「はい」

「功太郎はそれ以前は何をしていたのだ？」

「芝のほうで小さなお店をやっていたと言ってましたが、詳《くわ》しいことはわかりません」

「そなたはどこで知り合ったのだ？」

「神楽坂《かぐらざか》の料理屋です。女中をしていました。そのときは、『升田屋』を開くので手助けしてくれと言われて……」

「それでいっしょになったのか」

「はい」

「『香取屋』の番頭益次郎とは付き合いがあったようだが？」

「はい。ときたま会っていたようです」

「他に、親しく付き合っていた男はいるか」

「知り合いはたくさんおりましたが、親しいとなると……」

　内儀は首をかしげて、

「特には思い浮かびません。ただ」

　と、口にした。

「うちのひとはときたまどなたかと会っていたようです。私にも誰とは言いませんでしたが、黙《だま》って出かけていくことがありました」

「相手は誰か、見当はつかないか」

「はい」

内儀は俯《うつむ》いた。

「番頭の話だと、功太郎は最近元気がない様子だったそうだが？」

「はい」

「商売がうまくいってなかったからか？」

「いえ、そのせいではありません。益次郎さんが殺されたことで衝撃を受けていたようです」

「それほど、益次郎とは深いつながりだったのか」

「いえ。正直言うと、それほどとは思ってもいませんでした」

「益次郎が殺されて、次は自分かもしれないと思ったのではないか」

「えっ、どうしてですか。どうしてうちのひとが……」

「怯《おび》えているような様子はなかったか」

「…………」

内儀は眉根を寄せた。

「何かあったのか」

「ずいぶん用心深くなりました。戸締まりも厳重にして」

「それにしては、昨夜は行き先も告げずに出かけているな」

「はい。おそらく、ときたま会っているひとのところに行ったのかもしれません」

　おそらくそうであろう。その帰りに襲われたとみるべきだろう。

「自分から進んで出向いたのだろうか。それとも、相手から呼び出されたのか」

「そういえば、昼間、使いの者がやってきたようです」

「どんな男か覚えているか」

「若い男だとしか」

「そうか」

「うちのひとは、どうして殺されたのでしょうか」

　内儀は涙声できいた。

「おそらく、益次郎の事件と同じだ」

「…………」

「木挽町一丁目で『笹の葉』という呑み屋をやっているおさきという女の名を聞いたことはないか」

「いえ」

「そうか」

「どうか、下手人を必ず捕まえてください」

「わかった。きっと仇《かたき》はとってやる」

京之進は請け合ってから腰を上げた。


外に出ると、辺りは薄暗くなっていた。

これから深川に行って手下の探索を手伝うという房吉と別れ、京之進は奉行所に戻った。同心詰所に、只野平四郎が待っていた。

「植村さま。また、殺しが？」

平四郎は目の前まで飛んできていた。

「上野元黒門町の『升田屋』の主人功太郎だ。顔に殴られた痕があり、致命傷は心ノ臓の一突き」

「同じ下手人ですね」

「功太郎は『香取屋』の番頭益次郎と付き合いがあったそうだ」

京之進は経緯を説明した。

「もはや、『大黒屋』に関わる者の仕業《しわざ》と考えていい。『大黒屋』を闕所《けっしょ》に追い込んだ者たちに復讐をしているのだ」

「『大黒屋』の息子たちでしょうか」

「『大黒屋』の忠兵衛には七人の子どもがいる。そのうち、行方がわからないのが三男の忠三郎だ」

「忠三郎ですね。特徴はわかりますか」

「歳は二十五、細身で浅黒い顔だそうだ」

「わかりました。『笹の葉』の常連客にもそのような特徴の男についてきいてみます」

「ともかく、忠三郎を見つけ出すことが先決だ」

「はい」

平四郎と別れ、京之進はもう一度『大黒屋』の事件の吟味《ぎんみ》をした与力のもとに行き、旗本大門隼人の家来に扮した男と仲買人の男のことを確かめた。

二

剣一郎は与力の姿で、草履《ぞうり》取りを供に駿河台《するがだい》の旗本赤堀伊佐衛門《あかぼりいさえもん》の屋敷を訪れた。三千石の大身である。

宇野清左衛門から話を通してあったので、長屋門の潜《くぐ》り戸をあっさり通してもらえた。

玄関に行くと、若党《わかとう》らしい侍が待っていた。

「どうぞ」

若党が上がるように言う。草履取りを外に待たせ、剣一郎は式台に上がった。

若党に刀を預《あず》け、剣一郎は客間に通された。

やがて、鬢《びん》に白いものが目立つ用人の木次太郎兵衛《きすきたろべえ》が現われた。

挨拶を終えたあと、

「さっそくですが、白ネズミの盗人《ぬすっと》についてお話をお聞かせ願えますでしょうか」

と、剣一郎は切りだした。

「まったく大胆不敵、神出鬼没の盗人だ」

　木次太郎兵衛は顔をしかめた。

「こちらでは被害はいかほど？」

「昼近くになって、殿が騒がれた。寝間に置いてある手文庫《てぶんこ》から十両がなくなっていたと。中に、白いネズミが描かれた紙切れが入っていたから盗まれたとわかったが、それがなければ屋敷内部の者の仕業と思っただろう」

「なるほど」

　剣一郎は頷き、

「で、奉行所に訴え出なかったのはなぜでしょうか」

と、きいた。

「殿の寝間に盗人が入り込んだのだ。場合によっては寝首を掻かれていたかもしれない。殿が外聞を憚《はばか》られたのも無理はない」

「被害は一度だけですか」

「いや、二度だ」

「二度目もやはり寝間から？」

「いや。今度は居間の床の間にある隠し扉の中から十両だけ盗まれていた。やはり、白いネズミの描かれた紙切れが入っていた」

「やはり、訴えなかったのですね」

「うむ。じつは、そのときも盗人は寝間に忍び込んでいる」

「どうしてわかったのですか」

「脇差《わきざし》が抜かれていた」

「脇差が？」

「抜き身が畳に落ちていた」

「なんのために？」

「白いネズミの画《え》の脇に、油断と書いてあった」

「油断？」

「もし、奉行所に訴え、盗人が捕まったら、お白州で何を喋《しゃべ》られるかわからない。それで、またも泣き寝入りだ」

「それにしても、誠に大胆不敵な輩《やから》です」

「その後、それとなく他家の用人どのにも話をきいてまわった。同じように白ネズミの盗人に入られたという屋敷がいくつもあった」

「皆、同じような理由で訴えなかったのですね」

「そうだ。ある屋敷では殿が側室と寝間で戯《たわむ》れている間に忍び込まれたようで、白いネズミの画の脇に、忘我《ぼうが》と記されていたそうだ」

「すると、入られたお屋敷にはそれぞれ、訴えると面目《めんぼく》を失うようなことがあったのですね」

「そういうことだ。だから、皆、黙っていた。ただ、最近になって、二度、三度と入られることでぼちぼち被害を口にするようになってきた」

「二度ならず、三度まで？」

「そうだ。どこの屋敷も警戒を厳重にしている上で盗まれているので、おおっぴらに出来ないがな。ある旗本屋敷に置かれていた紙切れには、怠慢《たいまん》と記されていた」

「木次さまはかなりの旗本屋敷を調べたのですか」

「調べた。作事《さくじ》奉行や小普請《こぶしん》奉行も被害に遭《あ》っていた」

「外聞を憚るほかにも、何年も沈黙を保っていた理由はあるのですか」

「いつか自分の屋敷に再度忍んできたら、今度こそとっつかまえてやろうと思っていたからだが、じつはひそかに妙な噂が立った」

「なんでしょう」

剣一郎は先を促すようにきいた。

「白ネズミの盗賊は、直参《じきさん》の矜持《きょうじ》や武士の誇《ほこ》りを失いつつある旗本たちに活《かつ》を入れようと、上の方から遣《つか》わされた隠密《おんみつ》ではないかと……」

「その噂が信じられたのですか」

「ひところはそうだ。そういうこともあって、盗人に入られたことを伏せてきたのだ」

「最近は巷《ちまた》で、噂が流れているようですが」

「中間や女中が外で話しているようだ。しかし、問われても、旗本屋敷のほうでは皆否定するはずだ。噂はあくまでも噂でしかない」

木次太郎兵衛はまったく動じなかった。

「噂では、最近旗本屋敷にネズミは出なくなったそうです。ある旗本の御用人が言うには、狙いを旗本屋敷から大名屋敷に替えたのではないかと」

「いや、大名屋敷からはそのような話は聞こえてこない」

「大名屋敷のほうも被害を隠しているということはありませんか」

「ないと思うが」

木次太郎兵衛は否定してから、

「それにしても、たったひとりの盗人にいいようにやられてざまはない」

と、自嘲《じちょう》した。

「今後も、どの旗本も訴えようとしないのでしょうか」

「どこも自分のところで捕まえようとしている。競っているような面もある」

「そうでしたか。ところで、その白いネズミが描かれた紙切れはまだありますか。あれば見せていただきたいのですが」

「いや、ない」

「そうですか。では、白ネズミはどのような画でしょうか」

「一筆描きだ。左を向いている」

岡太郎に見せてもらった掛け軸の画に似ているような気がする。掛け軸の画をもとに一筆描きしたとも考えられる。

「忍び込んだその場で描いたのでしょうか」

「いや、あらかじめ描いてあったのではないか」

「文字はその場で書いたのでしょうね」

「そうだな」

「だいぶわかりました」

剣一郎はこれ以上訊ねることはないと思い、

「それにしても、木次さまはよくお話しくださいました。なぜ、私にお話を？」

念のためにきいた。

「宇野どのの頼みであり、青柳どのだからこうやって話したまで。白ネズミはあくまでも旗本たちの問題だ。そのことをお含みいただきたい」

木次太郎兵衛は奉行所が探索《たんさく》に乗り出さぬように釘《くぎ》を刺した。

「わかりました」

剣一郎は答えた。

白ネズミの盗人は旗本たちを翻弄《ほんろう》している。剣一郎は感嘆《かんたん》するしかなかった。

「木次さま。お願いがあるのですが」

剣一郎は改めて口にした。

「何かな」

「お屋敷出入りの商人のことを知りたいのですが、どなたかわかるお方にお目にかかれるでしょうか」

「まさか」

木次太郎兵衛の目が鈍《にぶ》く光った。

「白ネズミの盗人が出入りの商人の中にいると思っているのではないだろうな」

「いえ、違います。私の知り合いがこちらに出入りを許されているのかどうかを確かめたいだけです」

「なんという商人だ？」

「小間物屋の岡太郎です」

「小間物屋の岡太郎とな」

木次太郎兵衛は笑みを湛《たた》えた。

「はい」

「その者ならときたまやって来ているようだ。女中たちに人気があり、その者がくると、皆が集まってくると、女中頭から聞いたことがある」

「そうですか。それだけ伺えれば十分です。貴重なお話をありがとうございました」

剣一郎は礼を言い、腰を上げた。

駿河台から須田《すだ》町に差しかかったとき、本町《ほん》のほうからやって来た京之進とばったり会った。

「青柳さま」

京之進は近寄ってきて挨拶をした。

「また、新たな殺しがあったようだな」

「はい。やはり、十年前の『大黒屋』の盗品事件に関わっている男のようです。復讐だと思われます。今、『大黒屋』の三男の忠三郎を追っているところです」

「復讐……」

「遺体の顔に殴った痕がありました。仲間のことをきき出すために拷問したようです」

京之進は遺体の様子を語った。

「拷問か」

「はい。では、失礼します」

京之進はあわただしく筋違《すじかい》御門のほうに向かった。

剣一郎は京之進の背中を見送りながらもう一度呟いた。

「復讐か」

剣一郎は奉行所に戻り、宇野清左衛門に会った。

「行って参りました。包み隠さず、お話ししていただきました」

剣一郎は大まかに説明した。

「なるほど。それにしてもたいした者だな、その盗人は」

「はい。被害に遭った旗本の動きを完全に封じ込めているのですから」

「ところで、白ネズミについて青柳どのは何か思い当たることでも？」

「まだ、しかとは……」

「ということは、目をつけている者がいるようだな」

「その男の家の床の間に、白いネズミが描かれた掛け軸がかかっていたのを太助が見つけたのです。盗人が置いていった紙切れに描かれていたネズミに似ています。偶然でしょうが、念のために調べてみようと。というのも、その男からただ者ではない雰囲気を感じております」

「青柳どのが目をつけたとなると、ひょっとするのではないか」

清左衛門は真顔になった。

「いえ。まだ、なんとも」

剣一郎は慎重になった。

「では」

剣一郎は腰を上げかけたが、

「宇野さま」

と、思いついて声をかけた。

「何か」

「はい」

剣一郎は座り直し、

「十年前の『大黒屋』で起きた盗品事件に関わっていた三人が立て続けに殺された事件ですが」

「うむ。植村京之進は『大黒屋』の息子の忠三郎を追っている」

「そのようですね」

「そのことが何か」

「京之進は復讐と考えているようです」

剣一郎はさっき京之進に会ったことを思いだしながら口にした。

「そうだ。殺された三人はまさに盗品の売買に関わっている。復讐と考えるのは自然であろう」

清左衛門は怪訝《けげん》な顔になって、

「何か不審でも？」

と、きいた。

「いえ」

「確か、青柳どのは盗品事件についてお奉行の裁《さば》きに批判的であったな」

「いえ、批判というより、もっと調べを尽くしたほうがいいと思っておりました。反物を買った料理屋の女中が、その反物をたまたま高崎から来ていた織物商に見せて、盗まれたものだと判明しました。ところが、その織物商は江戸を離れてしまい、見つけ出すことが出来なかったそうですね。このことをもっと重要視すべきと思っておりました」

「うむ。確かに、その点は迂闊《うかつ》であったかもしれない。しかし、『大黒屋』の土蔵から盗品が見つかったのは事実であるからな。青柳どのは今回の一連の殺しに何か、別の意見をお持ちなのか」

「探索に関わっていないので、よけいなことを言うべきではありませんが、復讐ということに引っ掛かっているのです」

「と言うと？」

「まず、京之進はどういう立場で事件を見ているかです。つまり、『大黒屋』がほんとうに盗品を扱っていたのか、それとも何者かにはめられたのか」

「京之進は『大黒屋』が盗品を扱っていたと思っているはずだ。実際にそのことで、『大黒屋』は闕所になったのだ」

「すると、『大黒屋』の息子が逆恨みをしていると？」

「そういうことになろう」

「なぜ、十年後の今なのでしょうか」

「それはわからぬ」

清左衛門は首を横に振り、

「だが、忠三郎を捕まえればわかること」

「そうですね」

「何か、京之進に助言があれば」

「いえ、私が口を出すと、京之進に負担をかけてしまいます。この件はあくまでも京之進の仕事ですので。ただ、宇野さまからお伝え願えればと」

「何か」

「『大黒屋』は、忠兵衛の訴えのようにはめられたかもしれないということも、念頭に置いて探索をするようにと」

「そうだとするとどうなるのだ？」

「息子として、復讐より、父親の汚名を雪《そそ》ぎ、『大黒屋』の再興を願うのではないかと思われます。そうだとしたら、三人は殺さず、真実を証言させたほうがよかったことになります」

「しかし、実際には殺している。父親の汚名を雪ぐというより、復讐の気持ちのほうが強かったのではないか」

「さっきも申しましたが、なぜ今になって復讐をはじめたのか。復讐と考えるのなら、そのことも頭に入れておくべきだと」

「青柳どのは何を懸念されておるのか」

清左衛門は不安そうな顔をした。

「万が一のことを考えただけですが」

「何か」

「たとえば、下手人がほんとうに殺したいのは三人のうちひとりだけだった。それを『大黒屋』の復讐に見せかけるために他のふたりを殺した……」

「まさか」

「はい。これはあり得ないかと思いますが、いくつかの点を考慮しないと探索を誤《あやま》ることになりかねません」

「なるほど」

清左衛門はため息をつき、

「青柳どのが直《じか》に言えばいいと思うが、いつも青柳どのの助けを借りていては京之進も面目が立つまい。よろしい、わしからそれとなく伝えておく」

「はい。よろしくお願いいたします」

剣一郎は会釈をして腰を上げた。


その日の夕方、剣一郎は太助と落ち合い、築地明石町の岡太郎の家に行った。

戸を開けて土間に入ると、すぐに岡太郎が出てきた。

「これは青柳さま」

岡太郎は悪びれることなく上がり框《かまち》まで出てきた。

「近くまで来たので寄ってみた」

「わざわざ、光栄なことでございます」

剣一郎の見え透いた嘘に、岡太郎は冷笑を浮かべた。

「で、今日はあっしに何か」

「そなた、生まれは？」

岡太郎の問いを無視して、剣一郎はきいた。

「芝です」

「ふた親は何を？」

「父親は知りません。料理屋の女中だった母は誰かの妾《めかけ》だったのでしょう」

「ここにはいつから住んでいるのだ？」

「十五年前です」

「長いな」

「ええ。母が五年前に亡くなったあと、引越しを考えたのですが、やはり、母との思い出の家なので踏ん切れませんでした」

「そうか」

「青柳さま、あっしの素姓《すじょう》が何か」

「いや、ついでにきいたまで。じつは、そなたが駿河台の旗本赤堀伊佐衛門さまのお屋敷に出入りを許されていると聞いたのだ」

剣一郎は相手の目を見つめてきいた。

「はい。それが？」

やや硬《かた》い表情になって、岡太郎はきいた。

「いつから出入りを?」

「二年ほど前からです」

「他に出入りをしている旗本屋敷はあるのか」

「何軒か」

「教えてもらえぬか」

「なぜでございましょうか」

岡太郎は窺《うかが》うような目を向けた。

「じつは、赤堀さまのお屋敷に二度、盗人が忍び込んだそうだ。殿さまの寝間から十両がなくなり、代わりに白いネズミが描かれた紙切れが置いてあったそうだ」

「…………」

「赤堀さまのお屋敷で、その盗人の話を聞かなかったか」

「いえ」

岡太郎は首を横に振り、

「そのことと、あっしが出入りしている旗本屋敷とどのような関係があるのでしょうか」

「出入りをしている商人の中に、盗人がいるのではないかと思ってな」

「ひょっとして、あっしをお疑いで？」

「いや、そういうわけではない」

「でも、白いネズミが描かれた紙切れが置いてあったと仰いました。ゆうべ、青柳さまは掛け軸をご覧になりました」

「うむ」

「ひょっとして、同じ図柄だったのですか」

「いや、わしはその紙切れを見ていない」

「そうですか。青柳さまの見当違いでございます」

「そうか」

「はい」

「念のために、出入りの旗本屋敷を教えてくれぬか。盗人であれば、はじめての屋敷でも勝手に忍び込むであろうから、そなたが出入りしているかどうかは決め手にはならぬ。ただ、参考のために、教えてもらいたい」

「それは……」

「いや、無理にとは言わぬ。そなたが出入りしているかどうかは、旗本屋敷を虱《しらみ》潰《つぶ》しにあたって訊《たず》ねればいいこと」

「………」

「邪魔をした」

剣一郎は引き上げかけた。

「青柳さま」

岡太郎が呼び止めた。

「最近、出入りさせていただいているのは小川《おがわ》町にある大門隼人さまのお屋敷です」

「大門隼人？」

「はい。小普請組の大門隼人さまです」

「大門隼人さまとな」

剣一郎は呟いた。大門隼人は『大黒屋』の盗品事件に登場した旗本だ。

「わかった。また、寄せてもらう。あっ」

剣一郎は思いだしたように、

「『近江屋』の内儀とはどうなっているのだ？」

「会っていません」

岡太郎は含み笑いをした。その意味ありげな笑みが、岡太郎の家を出てからも引っ掛かっていた。

三

朝食をとり終えて、源太郎は妻女に出かけてくると言い、屋敷を出た。町廻りの途中、何度か大信田新吾に問いかけようとしたが、そのたびにためらった。なんでもないととぼけられるだけだと思ったのだ。

霊岸島を経て、永代橋を渡った。朝陽が大川の川面に照り返し、きらめいている。職人や棒手振《ぼてふ》り、荷を背負った行商人などが行き交う。

橋を渡り切り、礒島源太郎は佐賀町に行き、自身番に顔を出した。

「これは礒島さまではありませんか」

家主が不思議そうに見た。

「今日は非番だ」

「そうでしたか。で、今日は何か」

「ひとを探している。この界隈《かいわい》で、二十五、六で細身の浅黒い顔の男を見かけたことはないか」

同じような感じの若い男は大勢いよう。それだけではわかるはずがないと思いながら、源太郎は口にした。すると、意外な答えが返ってきた。

「礒島さまもその男をお探しで」

「どういうことだ？」

源太郎は思わず声を高めた。

「はい。同じような特徴の男を植村さまもお探しでした」

「植村京之進どのが二十五、六で細身の浅黒い顔の男のことをきいていたというのか」

「さようで」

「どうして……」

源太郎は戸惑いを隠せず、

「植村どのは男の名を言っていたか」

と、家主のほうに顔を突き出してきいた。

「忠三郎と言ってました」

「忠三郎……。何をしたかは？」

「いえ、それは仰っていませんでした」

「植村どのはいつここに？」

「昨日です。門前仲町のほうを探して、こっちにやってきたようです」

「で、その男のことはわかったのか」

「いえ、わかりません」

「そうか。邪魔をした」

源太郎は自身番を出て、佐賀町を突っ切り、仙台堀《せんだいぼり》に出た。昨日が佐賀町なら、今日は小名木川《おなぎ》の向こうにある町を探しているのかもしれない。

そう見当をつけて、小名木川まで行き、川沿いを海辺大工町《うみべだいく》に出た。そこの自身番できくと、やはり、昨夜、京之進が現われたという。源太郎は勇んで高橋《たかばし》を渡り、北森下町《きたもりした》まで行った。

さらに、弥勒寺橋《みろくじ》を渡り、弥勒寺の前に着いたとき、遊び人ふうの男と話している岡っ引きの房吉を見つけた。

房吉がその男と別れるのを待って、源太郎は近づいて行って声をかけた。

「房吉」

「おや、これは儀島さまではありませんか」

「ここで何をしている？」

「へえ、ひと探しです」

「誰だ？」

「へえ、忠三郎って男です」

「忠三郎は何かしたのか」

「三人を殺した疑いです」

「三人？」

「へえ。忠三郎は十年前に闕所になった『大黒屋』の三男です。殺された三人は盗品事件に関わった者たちです」

「植村どのは？」

「まだ、こっちには来ていません。それより、礒島さまはどうしてここに？」

「こっちもひと探しだ」

そう言い、源太郎は踵《きびす》を返した。

来た道を戻り、高橋までやってきたとき、橋を渡ってくる京之進と出会った。

「植村どの」

「どうして、こんなところに？」

京之進が不思議そうにきいた。

「じつは、ある男を探してまして。その男が植村どのが探している忠三郎という男に特徴が似ているのです」

源太郎は事情を説明した。

「大信田新吾が会っていた男か」

「その男が忠三郎かどうかわかりませんが、忠三郎について詳しいことを教えていただけませんか。さっき、房吉から大まかには聞いたのですが」

「うむ。最初、木挽町一丁目で『笹の葉』という呑み屋をやっているおさきという女が殺され、続いて『香取屋』の番頭益次郎、そして『升田屋』の主人功太郎……」

京之進は下手人が『大黒屋』の復讐のために殺しを続けていると説明した。

「わかりました。新吾を問いつめてみます」

源太郎は急いで八丁堀に戻った。


その夜、源太郎は大信田新吾を自分の屋敷に呼んだ。

源太郎は妻女と子どもを部屋に近づけさせないようにして新吾と向き合った。

「新吾。近頃、そなたの様子はおかしい」

源太郎は切りだした。

新吾は俯いている。

「じつは、いつぞやのそなたのことが気になって、そなたの屋敷に行ってみた。そしたら、若い男が出てきた。二十五、六で細身の浅黒い顔の男だ」

新吾は驚いたように顔を上げた。

「あの男は誰だ？」

「それは……」

「忠三郎ではないのか」

「えっ」

新吾は目を剝《む》いた。

「どうして……」

「やはり、そうか」

源太郎はため息をついた。

「忠三郎とはどういう間柄なのだ？」

「去年の暮れ、母を助けてくれたのです」

「なに、どういうことだ？」

「母は女中といっしょに富岡八幡宮《とみおかはちまんぐう》の歳《とし》の市《いち》に行きました。大勢ひとが出ていたそうです。石段でひとに押されて母が転げてしまい、足をくじいてしまったんです。そのとき、忠三郎さんが助けてくれて。母を抱えて人込みから連れ出してくれました。その日はあいにく駕籠《かご》がつかまらず、母を背負って屋敷まで……」

「深川からおぶってきたのか」

「はい。永代橋を渡って」

「なんと」

「じつは、忠三郎さんは、六年前まで南伝馬町《みなみてんま》二丁目にある『美濃屋《みのや》』という紙問屋で手代をしていたひとでした。母は『美濃屋』に懐紙《かいし》を求めによく行っており、そこでいつも忠三郎さんと顔を合わせていたそうです。忠三郎さんも母を覚えていて、夢中で助けてくれたのです」

「そういう縁があったのか」

「母も助けてもらったことと六年振りの再会に喜び、それからときたま屋敷に招くようになったんです。私もすぐに親しくなって。あるとき、屋敷で酒を呑んでいたとき、母に問われるまま忠三郎さんは、『美濃屋』を辞めた理由を話してくれました。忠三郎さんは十年前に闕所になった『大黒屋』の息子で、そのことで朋輩《ほうばい》たちから疎まれて……」

新吾は息を継いで、

「忠三郎さんはそれから根津遊廓で客引きをし、今は深川の岡場所で使い走りのような仕事をしていると打ち明けました。母は同情し、元のような堅気《かたぎ》の仕事をさせたいと、父や実家の伝《つて》を頼ってあちこちに声をかけていたのです」

源太郎は新吾の母を知っているが、もともと、面倒見のよいお方だ。

「先月、非番の折、私は深川冬木《ふゆき》町の忠三郎さんの長屋を訪ねました。そこに、妹のお糸さんが来ていました。忠三郎さんが浮かない顔をしていたので、お糸さんが帰ったあと、わけをききました」

新吾は間を置き、

「お糸がおとっつあんの汚名を雪ぎたいと言い出したと、忠三郎さんは困惑していました。『大黒屋』ははめられた。怪《あや》しいのは反物を買ったおさきという女と手代の益次郎だと。おさきはその後、呑み屋をやりはじめた。その元手は『大黒屋』をはめる手助けで得た金ではないかと、お糸さんは忠三郎さんに訴えていたそうです」

「おさきと益次郎は殺されたな」

源太郎は鋭くきいた。

「はい」

新吾は暗い表情になって、

「おさきと益次郎の死体が見つかったあと、忠三郎さんは町廻りに出ていた私を見つけ、合図をしてきました。それで、暇をいただき、会いに行きました」

「あのときか」

鳥越神社で忠三郎と会ったのだ。

「私は問いつめました。忠三郎さんは否定しました。母も心配している。母にも潔白だと話してくれと言うと、その夜、屋敷に来て、母に自分はやっていないと訴えていました」

「そうか。その帰り、俺が見かけたのだ」

源太郎はあとをつけて撒《ま》かれたことを思いだし、

「実際はどうなのだ？」

「忠三郎さんではありません」

「証《あかし》はあるのか」

「いえ。でも、私は忠三郎さんを信じています」

「今、植村どのは忠三郎を探している。名乗り出るように勧《すす》めるのだ」

「勧めました。でも……」

「どうした？」

「お糸さんのことを気にしていたんです。ひょっとして、お糸さんが誰かに頼んで……」

「お糸をかばっていると言うのか」

「はい」

「忠三郎の思い過ごしかもしれない。とにかく、このままではよくない。忠三郎は今も冬木町にいるのか」

「いえ、しばらく帰っていないのです」

新吾は息苦しそうに言う。

「植村どのに一切をお話しするのだ」

「でも」

「そなた、忠三郎を疑っているのではないか」

「信じています。でも、万が一……」

「万が一、忠三郎の仕業であれば、早いところ捕まえ、これ以上の殺しを止めなければならぬ。明日、植村どのに事情を打ち明けるのだ。よいな」

「わかりました」

新吾は顔を上げて言った。

そのとき、玄関から声がした。

「あの声は」

新吾の屋敷の中間のようだ。

何事かと、源太郎と新吾は玄関に行った。

「どうした？」

新吾が玄関に立っていた中間にきいた。

「忠三郎さんがお待ちです」

「なに、忠三郎さんが」

新吾と源太郎は顔を見合わせた。

「私も行く」

源太郎も新吾の屋敷に向かった。

新吾の母親の前で、細身の浅黒い顔の男が畏《かしこ》まっていた。

「おや、礒島さま」

母親が驚いたように言った。

「礒島さんもすべて承知です」

新吾は言い、すぐ忠三郎に向かった。

「忠三郎さん、よく来てくれました」

新吾は声をかけた。

「お糸に会ってきました。お糸は他の兄弟や、それ以外の者に『大黒屋』がはめられた話はしていませんでした」

忠三郎はいきなり言い、

「逃げ回る理由はなくなりました」

と、言った。

「やっぱり、忠三郎さんはひと殺しなんてしていません」

母親が言い切った。

「忠三郎さん、よかった」

新吾が安堵《あんど》したように言う。

「忠三郎、奉行所がそなたを探している」

源太郎が口をはさんだ。

「これから奉行所に名乗って出ます」

忠三郎ははっきり言う。

「奉行所に行く前に、植村さまにここに来ていただきましょう」

母親が毅然《きぜん》と言った。

「わかりました。私が呼んでまいります」

源太郎はすぐに腰を上げた。

同心の屋敷が並んでいる通りを、源太郎は急ぎ、京之進の屋敷に着いた。

木戸門を入って玄関に行く。

「ごめんください。礒島源太郎です。火急《かきゅう》の用で参りました」

源太郎は呼びかける。

京之進が出てきた。

「植村どの。夜分に申し訳ありません」

「何かあったか」

「はい。忠三郎が今、大信田新吾の屋敷に来ています」

「なんと」

「お出《い》で願えましょうか」

「よし、着替えてすぐ行く」

京之進は着替えて出てきた。

ふたりで、新吾の屋敷に向かった。行く手の空に月が輝いていた。

四

ふつか後の朝は曇天《どんてん》で、生温い風が吹いていた。梅雨《つゆ》どきを思わす、じめじめた陽気だ。濡縁で髪結いに月代をあたってもらっていた剣一郎は、さっきからずっと岡太郎の笑みの意味を考えていた。

『近江屋』の内儀のことをきくと、岡太郎は会っていないと答えてから意味ありげな笑みを浮かべたのだ。

わざと浮かべた笑みではない。思わず漏《も》れたのだ。なぜ、岡太郎は笑みが漏れたのか。

「お疲れさまでした」

髪結いの声に、剣一郎は我に返った。

「ごくろう」

髪結いが道具を片づけて引き上げたあと、太助が庭先に立った。

「青柳さま。いろいろ聞き回ってみました」

そう言い、太助は口を開いた。

「岡太郎の家は、十五年前から母親が住みはじめ、ときどき旦那が訪ねてきていたそうです。でも、十年ほど前から、旦那を見かけなくなったと言ってました」

「旦那がどこの誰かはわからないのだな」

「わかりません」

「旦那が姿を見せなくなったのは別れたからか」

「そうかもしれません」

「そのころ、岡太郎はいっしょに暮らしていなかったんだな」

「近所の者は、たまに男の子を見かけたと言ってました。岡太郎はどこかに奉公をしていたようです。岡太郎が母親といっしょに住むようになったのは八年ぐらい前からです」

「奉公先はわからなかったか」

「はい。ふたりとも、近所のひととの付き合いはほとんどなかったようで、誰も詳しいことは知りません」

「岡太郎は父親を知らないと言っていたが、ときどき訪ねてきた旦那というのが父親ではないか」

剣一郎はどうも岡太郎には謎が多いと思いながら、

「『近江屋』のお新はどうだ?」

「あれから出かけていません」

「岡太郎の笑みが気になっている。もしかしたら……」

剣一郎はあることに思いが向いた。

「お新の相手は岡太郎ではないのかもしれない」

「えっ?」

「明石町の家は部屋を貸しただけだ。あの家で会っていた相手の顔はわからなかった。岡太郎の笑みは勘違いしている我らを嘲笑《あざわら》ったのかもしれない」

「じゃあ、お新の相手は石松」

太助は憤然《ふんぜん》とした。

「そうかもしれぬ。お新を見張るんだ。今度は密会場所を変えるに違いない。相手の男を突き止めるのだ」

「わかりやした」

太助はすぐに庭から飛び出して行った。


奉行所に出仕すると、剣一郎は宇野清左衛門に呼ばれた。

「宇野さま。お呼びで」

「うむ」

すぐ立ち上がり、清左衛門は隣の小部屋に向かった。

剣一郎と差向かいになり、厳しい表情で口を開いた。

「例の殺しの件だが、疑いを向けていた忠兵衛の息子、忠三郎が見つかった」

「そうですか。で、忠三郎は？」

「殺しに関わっていない。益次郎が殺された時刻、忠三郎は用心棒をしている門前仲町の女郎屋《じょろうや》で、客ともめていたことがわかったそうだ」

「そうですか」

「それから、改めて『大黒屋』の七人の兄弟を調べたが、誰も殺しに関与していないことがわかった」

「そうですか」

「これで振り出しに戻った。もしかしたら、また、青柳どのに手助けを頼まねばならないかもしれぬ」

「京之進が言ってきたら、乗り出しましょう」

「頼む」

清左衛門は言ってから、

「大門隼人さまから返事が来た。御用人の稲川佐兵衛《いながわさへえ》どのが用件を聞くということだ。きょうの昼過ぎならだいじょうぶとのこと」

と、告げた。

「ありがとうございます。さっそく、行ってみます」

剣一郎は礼を述べたあと、

「大門隼人さまと言えば、例の『大黒屋』の盗品事件の折に名前が出た旗本でございますね」

と、確かめた。

「さよう。『大黒屋』の忠兵衛はその文《ふみ》を見て、信じたと言っていた。もちろん、大門隼人さまのほうはそんな文など出していないと否定した」

「文は巧妙なものだったのでしょうね」

「うむ。大門さまはかつて『大黒屋』に書き付けを渡したことがあり、その書き付けの筆跡を巧《たく》みに真似て文を作ったのであろうということだった」

「大門さまは誰が偽《にせ》の文を作ったと?」

「もちろん、『大黒屋』だ。大門隼人を利用するとは許せぬと怒っていた」

「なるほど」

「その文を持っていたのが、大門隼人さまの家来に扮した侍だったのですね」

「そうだ」

「わかりました」

剣一郎は腰を上げた。

与力部屋に戻ると、礒島源太郎と大信田新吾が挨拶に来た。

「青柳さま。これから見廻りに行ってきます」

源太郎が言い、新吾とともに頭を下げた。

新吾は穏やかな顔に戻っていた。

「気をつけて」

「はっ」

ふたりは部屋を出て行ったが、源太郎だけ戻ってきた。

「やっと以前の新吾に戻りました。ご心配おかけして申し訳ございませんでした」

「うむ。新吾の表情は以前と同じだった。ともかくよかった」

「はい。では、失礼します」

源太郎も声を弾《はず》ませていた。


その日の昼過ぎ、剣一郎は小川町にある大門隼人の屋敷を訪れた。

玄関で待っていた若い武士に刀を預け、客間に通される。

客間で、御用人の稲川佐兵衛と差向かいになった。四十歳ぐらいの顎《あご》の長い、気難しそうな感じの侍だった。

剣一郎は名乗ってから続けた。

「この度は、お会いくださり……」

「いや、挨拶は結構。わしは稲川佐兵衛だ。用件を伺おうか」

稲川佐兵衛は横柄に言う。

「では、昨今、旗本屋敷に白ネズミの盗人が出没しているとのこと。こちらさま

「……」

「ない」

佐兵衛は剣一郎の言葉を遮《さえぎ》るように口を入れた。

「はっ？」

「盗人に入られたことはない」

佐兵衛は強い口調で言う。

「まことでございましょうか」

「偽《いつわ》りを申していると言うのか」

佐兵衛は気色《けしき》ばんだ。

「白ネズミに入られたお屋敷では体面を考えて被害を隠しているというふうに聞いています。白いネズミが描かれた紙切れに、文句が添《そ》えてあり……」

「青柳どの」

またも剣一郎の声を制した。

「そんな盗人に入られたことはないと申している。わかったら、お帰りいただきたい」

「稲川さま。じつは、我らは白ネズミの盗人の手掛かりを摑《つか》みました。近々、捕《ほ》縛《ばく》出来るかもしれませぬ」

「………」

「取調べで、忍び入った屋敷はすべて白状させ、ほんとうに被害に遭ったかどうか確かめることになるでしょう。もし、盗人の自白で、こちらさまの名が出たとき、少し厄介《やっかい》なことになるかもしれませぬ」

「どういうことだ？」

佐兵衛の顔が強張《こわば》った。

「盗人の置き文には、かなり不名誉な言葉が記されているようです。盗人はどんなことを書いたかも自白するでしょう。盗人に入られたことを隠すのは、置き文に書かれたことが事実だったからという疑いを持たれかねません」

「ばかな」

「当然、取調べには御徒目付どのも加わります。あらぬ疑いを御徒目付どのに持たれることになりかねません」

「………」

「いかがでしょうか。そういうこともお考えの上でお答えくださいませぬか。ご当家に、ほんとうに白ネズミの盗人は忍んでいないのですか」

剣一郎は迫った。

佐兵衛は腕組みをして目を閉じた。厳しい表情だ。

やがて、佐兵衛は腕組みを解き、目を開けた。

「じつは、当家も盗人に入られた」

ため息混じりに、佐兵衛は言う。

「いつでしょうか」

「ふた月前だ」

「被害はいかほど?」

「殿の寝間から十両盗まれた」

「一度だけですか」

「二度だ。半月前にも」

「白いネズミが描かれた紙切れは置いてありましたか」

「あった」

「そこに何と書かれていたのでしょうか」

「………」

佐兵衛は言い淀む。

「盗人が捕まれば明らかになります」

「白いネズミの横に大黒屋と書いてあった」

「大黒屋？」

「どういうことかわからぬ」

「大黒屋といえば、盗品を扱ったことで闕所になった『大黒屋』のことでは？」

「当家には関わりのないことだ」

「しかし、殿さまの偽の文を『大黒屋』の忠兵衛が持っていたそうではないですか」

「忠兵衛が偽造したもので当家とは関係ない」

「当時、忠兵衛は偽造を否定していたのでは？」

「忠兵衛は嘘をついていたのだ」

「では、大黒屋と書いてあった意味をどう受け取ったのでしょうか」

「わからぬ」

「二度目には何と？」

「香取屋だ」

「『大黒屋』を競売で落とした『香取屋』でしょうか」

「さあな」

佐兵衛は不機嫌そうに言う。

「この盗人は、十年前の『大黒屋』の盗品事件のことを申しているのでしょうね」

「瓦版《かわらばん》で知って、いい加減に書いたものに違いない」

佐兵衛は吐き捨てる。

「この言葉でご当家の名誉に傷がつくとは思えませぬが、なぜ最初は隠そうとされたのでしょうか」

「殿が寝ている間に金を盗まれたのだ。まったく、気づかなかったことで、殿は恥じ入っておられる」

「なるほど」

剣一郎は頷いてから、

「ご当家は『大黒屋』の忠兵衛とは親しかったのですか」

「屋敷出入りの商人だ。親しくはしていた」

「御用達ですね」

「うむ」

「『大黒屋』がなくなったあとはどことお付き合いを？」

「……『香取屋』だ」

答えまで間があった。

「なぜ、『香取屋』に？」

「我らからすれば、店の名が変わっただけで、同じ店という感じだった。奉公人も半分ぐらいは同じだ」

「確かに同じ店を使っているのですから同じに見えましょうが、『大黒屋』の主人と『香取屋』の主人はだいぶ違いがあると思いますが」

「主人の違いはたいしたことではない」

佐兵衛は口元を歪めた。

「『香取屋』の番頭益次郎が殺されたことをご存じですか」

「聞いておる」

「何があったと思われますか」

「知るわけはない。そろそろ、よろしいか」

佐兵衛は切り上げようとした。

「これは長居をしてしまいました。最後にひとつ、お願いがあるのですか」

「何か」

「近々、殿さまにお目通り願えないでしょうか」

「なに、殿に？」

佐兵衛は不快そうな顔をした。

「はい。ぜひ」

「何のためだ？」

「白ネズミの盗人は紙切れに油断などと記していることが多いのに、なぜご当家だけは大黒屋と香取屋なのか。殿さまなら何かわかるかと」

「わかるはずない。殿は忙しいのだ。会うことは叶わぬ」

佐兵衛は語気を強めた。

「さようでございますか」

「これまでだ」

佐兵衛は立ち上がった。

剣一郎はおもむろに立ち上がった。

「いろいろご無礼の段、お許しを」

頭を下げて、剣一郎は廊下に待っていた若い武士に案内されて玄関に向かった。

剣一郎は小川町から大伝馬町の『香取屋』に向かった。

ひとがたくさん行き交う通りに、金文字の屋根看板の『香取屋』が見えてきた。

剣一郎は間口の広い土間に入った。すると、番頭らしい男が近寄ってきた。

「青柳さまで」

驚いたように言い、

「何か」

と、きいた。

「主人に会いたい」

「はい。少々お待ちください」

番頭は店座敷に上がり、奥に行った。

ほどなく、戻ってきた。

「今、参ります。どうぞ、こちらに」

番頭は店座敷の横にある小部屋に剣一郎を通した。

そこで待っていると、羽織姿の大柄な男が入ってきた。目が大きく、鋭い眼光だ。

「『香取屋』の藤右衛門でございます」

「南町の青柳剣一郎だ。突然邪魔をしてすまないが、確かめたいことがあってな」

剣一郎は切りだす。

「なんでございましょうか」

「今、旗本屋敷を専門に忍び込む盗人が出没している。大胆不敵な輩で殿さまの寝間から金を盗んでいく。そして、そこに白いネズミが描かれた紙切れを置いていくのだ」

「…………」

藤右衛門は厳しい表情で聞いている。

「ここに来る前に、旗本大門隼人さまのお屋敷に行き、御用人の稲川佐兵衛さまにお目にかかり、盗人について話を聞いてきた」

剣一郎は藤右衛門を見つめ、

「盗人の話は聞いているか」

「いえ」

「聞いていないか」

「はい」

「それは妙だ」

「何がでございましょうか」

「じつは、二度入られている。残されていた紙切れの白いネズミの横に一度目は大黒屋、二度目は香取屋と書かれていたそうだ」

「…………」

「香取屋と書かれていたのに、稲川さまはどうしてそなたに知らせなかったのか」

「あっ、思いだしました。そういえば、そのような話をされていたような気もいたします。私はさして気に留めませんでしたので」

藤右衛門は平然と言う。

「盗人の話を聞いていたのだな」

「はい」

「なぜ、稲川さまはそなたに盗人の話をしたのだ？」

「はっ？」

藤右衛門は不審そうな顔をし、

「それは今、青柳さまが仰いました。紙切れに香取屋と書かれていたからと」

と、口にした。

「それなのに、そなたは盗人の話を聞き流していたのだな」

「ええ」

『香取屋』は盗人に入られなかったか」

「…………」

「どうだ？」

「いえ、入られていません」

藤右衛門は否定した。

「そうか。ところで、番頭の益次郎を殺した下手人に心当たりはあるか」

「わかりません」

「闕所になった『大黒屋』に関わりある者とは思わぬか」

「私には何とも」

「そうか。いや、邪魔をした」

剣一郎は腰を上げた。

「ごくろうさまにございます」

藤右衛門はほっとしたように頭を下げた。

剣一郎は『香取屋』を出た。どんよりした空で、相変わらず生暖かい風が吹いていた。

五

翌日の昼過ぎ、編笠をかぶった剣一郎は太助と共に南小田原町にある菓子屋の『鶴家』に入った。

三十過ぎのうりざね顔の女が店番をしていた。お新の友達であろうと思った。

「ちと訊ねる」

剣一郎は声をかける。

「はい」

「そなたは、『近江屋』のお新を知っているな」

「はい。お新さんがなにか」

女は不安そうにきいた。

「ここにやって来て一刻（二時間）ほど過ごして引き上げて行くということだが、間違いないか」

「はい。そのとおりです」

「一刻もこの家にいるのか」

「おります。ずっと私といっしょにいます」

女は力んで言う。

「じつは、ここの裏口からお新が出て行くのを見た者がいるのだ。一刻近く経って、お新は戻ってきて、再び裏口から入って行ったそうだ」

女の顔色が変わった。

「失礼ですが、『近江屋』の旦那に頼まれて？」

「いや。旦那とは関わりない。どうなのだ？」

「………」

「答えられないか」

剣一郎は言い、

「そなた、石松という男を知っているか」

「いえ」

「石松は七年前、お新を手込めにしようとして主人に見つかり、主人を突き飛ばして怪我を負わせた。その罪で三宅島に遠島になったが、去年恩赦で江戸に戻ったのだ。この話はお新から聞いていよう」

「………」

「どうだ？」

「失礼ですが、あなたさまはどなたでしょうか」

女は毅然としてきいた。

「南町の青柳剣一郎さまだ」

太助が口を入れた。

女はあわてた。

「とんだご無礼を」

「いや、気にするな。ただ、正直に答えてもらいたい。わしは石松を探しているのだ」

剣一郎は続ける。

「石松は島でも無実を訴えており、復讐を匂《にお》わせていたそうだ。何かあってから

「では取り返しがつかない」

「お新さんは確かにうちからどこかに行っているようでした。たぶん、石松さんと会っているのだと思います」

「石松とはそういう仲だったのだな」

「はい。七年前、お新さんが旦那の留守中に石松さんを部屋に連れ込んだのです。ところが、旦那が帰ってきてしまい、お新さんは手込めにされかかったと、とっさに嘘をついてしまった。そのことで、お新さんはずっと悩んでいました」

「お新の前に、江戸に舞い戻った石松が現われたのか」

「はい」

「石松はお新を責めることはなかったのか」

「そのようです。それから、ときたまうちを隠れ蓑《みの》にして会っているのです」

またも、お新は石松をたぶらかしたのか。

「築地明石町に住む岡太郎という小間物屋を知っているか」

「いえ、知りません」

「今度、いつお新が来るのかわかるか」

「…………」

女は困惑したように押し黙った。

「ひょっとして今日来るのか」

剣一郎は察してきいた。

「はい」

女は認めた。

「よいか。お新に我らのことは黙っているように。これもお新のためだ」

「わかりました」

女は厳しい表情で答えた。

剣一郎と太助は外に出た。

剣一郎は裏通りを見ていた。

太助が走ってきた。

「お新が菓子屋に入って行きました」

「よし」

ほどなく、裏口からお新が出てきた。

お新は小走りになって、大川のほうに向かった。

「また。明石町に行くんでしょうか」

あえて岡太郎の家を使うということも考えられると思った。が、明石町の手前の南飯田町《みなみいいだ》に入ってから歩きかたがゆっくりになった。

八百屋《やおや》や魚屋、絵草紙《えぞうし》屋と過ぎると、荒物《あらもの》屋があった。お新はその前を行き過ぎてから路地を曲がった。

「あっしがつけます」

太助が路地に入って行った。

剣一郎は路地の入口で待った。太助がすぐに戻ってきた。

「荒物屋です。裏口から入って行きました」

「よし。お新が帰るまで待とう」

「へい」

「太助、見張っていてくれ。ここまで来たから、岡太郎の長屋の大家に会ってみる」

「わかりました」

剣一郎は明石橋を渡って、明石町に入った。

二階建ての裏長屋に入り、路地にいた長屋の住人に大家の家をきいた。木戸の脇にある履物屋《はきもの》だという。

剣一郎は店に入った。店番の若い男が、いらっしゃいましと声をかけた。

「大家はいるか」

「どちらさまで」

「南町の者だ」

「へえ」

若い男はあわてて奥に行った。

すぐに鬢の白い男が出てきた。

「大家か」

剣一郎は声をかけ、編笠をとった。

「青柳さまで」

大家は恐縮したように辞儀をする。

「とば口の家に、岡太郎という小間物屋が住んでいるな」

剣一郎はきいた。

「はい」

「一時、母子ふたりで住んでいたようだが？」

「はい。八年前からいっしょに住むようになりました。岡太郎はそれまでは職人の親方に弟子入りをしていたようですので」

「奉公していたと聞いたが、実際は鳶《とび》職か」

「はい。芝のほうの火消しのところに岡太郎という男がいたと、芝の知り合いから聞いたことがあります。なにかの事情で辞めたあと、母親といっしょに暮らすようになり、小間物の行商をはじめたようです」

「母親は誰かの妾だったそうだが？」

「はい。旦那持ちでした」

「どこの旦那か知らないか」

「いえ、おきよさんも口にしませんでした」

「おきよというのか、母親は」

「はい。そうです」

「岡太郎はその旦那の子か」

「そうだと思います」

「岡太郎の家に、白いネズミが描かれた掛け軸があるが、知っているか」

「いえ。部屋に上がったことはありませんので」

「今、岡太郎は独り暮らしのようだが」

「はい。昼間は通いの婆さんが来て、掃除や飯の支度などをしているようですが……」

「独り暮らしには二階建ての長屋は広いと思うが」

「やはり、母親といっしょに過ごした家に心が惹《ひ》かれるようです」

「なるほど」

少し考えてから、

「岡太郎はあまり隣近所とは関わらないようだが、特に何かがあったわけではないのか」

と、きいた。

「会えば、挨拶程度はするそうです」

「そうか。わかった」

剣一郎は礼を言い、大家の家を離れた。

それから、岡太郎の家に行った。昼間なら通いの婆さんがいるはずだ。

戸を開け、土間に入って声をかける。

ちんまりした婆さんが出てきた。

「これは青痣与力、失礼しました。青柳さまでいらっしゃいますね」

「うむ、そうだ。岡太郎は出かけているのか」

「はい。帰りは暗くなってからだと思います」

「婆さんはいつからこの家に？」

「四年です」

「岡太郎の母親が亡くなったあとからか」

「はい、さようで」

「家は近くか」

「はい。この長屋の裏です」

「岡太郎とはよく話をするのか」

「いえ、私は朝四つ（午前十時）から夕七つ（午後四時）までの約束ですので、ほとんど会うことはありません」

「では、用事を頼まれるときはどうするのだ？」

「紙に書いて置いてあります」

「どんなことが書いてあるのだ？」

「そうですね。明日は来なくていいとか、今日の夕餉の支度はいらないとか

「……」

「なるほど」

お新と石松がここを使うときは、婆さんに休みをとらせるのだろう。

「岡太郎が書いた紙を持っているか」

「はい。今日も置き文がありましたから」

「それを見せてもらえぬか」

「はい」

婆さんは素直に懐《ふところ》から紙切れを取り出した。

今夜の飯はいらない、と記されている。剣一郎はじっと書き振りを見つめた。

「すまぬが、これを借りていいか」

「もういりませんが」

「そうか。では、いただいておく」

剣一郎は紙を畳んで懐に仕舞った。

「邪魔をした。わしが来たことは岡太郎に内密に」

「会うことはないので、心配いりません」

婆さんは笑った。

剣一郎は岡太郎の家を出た。

太助のところに戻った。

「まだです」

「うむ」

「何かわかりましたか」

「大家にきいたが、岡太郎は鳶職だったそうだ」

「鳶？　では、高い所に上がるのも平気ですね」

「うむ。それから、岡太郎の書き置きを手に入れた。旗本屋敷に残された置き文の文字と比べたいが……」

皆、すぐに処分してしまっている。

「あっ、お新が出て来ました」

お新は通りに出て、来た道を戻った。

「どうしますか」

「石松に会う」

剣一郎は荒物屋の土間に入った。

店番の年寄りに、

「ここに石松という男がいるな」

と、剣一郎は編笠をとって顔を見せた。

年寄りははっとして、

「はい。二階に間借りをしています」

と、正直に答えた。

「今、女が訪ねてきていたようだが」

「はい。ちょっと前にお帰りになりました」

「すまぬが、石松に会いたい。上がらせてもらう」

「はい、どうぞ」

剣一郎は腰の刀を外した。

年寄りのあとについて、剣一郎と太助は階段を上がった。

「石松さん。お客さまです」

年寄りが声をかける。

「誰だい？」

部屋から不審そうな声が聞こえた。

剣一郎は部屋の前に立ち、

「失礼する」

と、障子を開けた。

若い男が寝そべって煙管《きせる》をくゆらせていた。お新の残り香が漂《ただよ》っている。石松はあわてて起き上がった。

「なんでえ、無断で」

男は気色ばんだ。

「石松だな」

「…………」

「今、『近江屋』のお新が引き上げたな」

「あんたは……」

石松の頬《ほお》が引きつった。

「南町の青柳剣一郎だ。そなたにききたいことがある」

「なんですかえ」

煙草《たばこ》盆の灰吹《はいふき》に雁首《がんくび》を叩きつけて、石松は剣一郎に向き直った。

おとなしそうな顔だちだが、日焼けしており七年近い島暮らしが石松の目つきを鋭いものに変えたようだ。

「そなた、何のためにお新の前に現われた?」

剣一郎は向かいに腰をおろした。

「確かめたかったんです」

「何をだ?」

「私と内儀さんとの仲です。あのとき、内儀さんは私を切り捨てたんです。それが本心だったのかどうか」

「やはり、そなたはお新から誘惑されていたのか」

「旦那は妾のところに通っていましたから、寂しかったんです。私もそんな内儀さんが可哀そうで」

「なるほど。予定を変えていきなり現われた兵五郎に、お新はそなたが手込めにしようとしたと訴えたのだったな」

「ええ、でも久しぶりに会って、内儀さんの気持ちがわかりました。あのときは、あのように言うしかなかったのだと」

「しかし、そのためにそなたは遠島だ」

「はい、最初は恨《うら》みました」

「島役人がそなたが復讐を口にしてると庄屋から聞いて、江戸に知らせてきた」

「復讐ですか。でも、今はもうすっきりしました。内儀さんの心も知り、満足です」

「しかし、このままでいいというわけにはいくまい。不義密通は……」

「あの旦那には妾がいるんです。おあいこじゃありませんか」

「だが、兵五郎に知られたらただではすむまい。そのときはどうするのだ？」

「わかりません」

石松の表情が翳《かげ》った。

「まさか、兵五郎に恨みを晴らそうなどと考えていまいな」

「もちろんです。せっかく江戸に戻ってこれたんですからね」

「今、仕事はしているのか」

「まだです」

「では、暮らしはお新に頼っているのか」

「いえ」

「なるほど。岡太郎か」

「違います」

「岡太郎とはどういうつながりなんだ?」

「内儀さんの縁です。『近江屋』に出入りをしている商人で信用出来るひとがいるからって。それで、明石町の岡太郎さんの家で内儀さんと会っていたんです。でも、青柳さまに気づかれたってことで、今回はとりあえず内儀さんにここに来てもらいました」

「岡太郎は自分がお新とつきあっていると言い、そなたをかばった。なぜ、そこまでするのだ?」

「私と内儀さんに同情してくれたのだと思います」

「同情か」

剣一郎はあまりにもすらすら喋る石松にかえって不審を抱いた。

何か他に魂胆でもあるのではないか。たとえば、兵五郎がいなくなれば、『近江屋』はお新のもの。やがて、石松も『近江屋』に……。

いや、考えすぎか。

剣一郎は何か肝心なことが抜けているような気がしてならない。何か見逃していることがあるのではないか。

「そなた、岡太郎のことをどこまで知っている?」

「小間物屋ってことしか知りません」

石松はあっさり言う。

「岡太郎の家には何度か行っているな」

「ええ」

「床の間に白いネズミが描かれた掛け軸がかかっていたのを覚えているか」

「覚えています」

「あの家に、同じような白いネズミを描いた紙が置いてあったかどうかわからないか」

「いえ。気づきませんでした」

これ以上きいても、何も得られそうになかった。

「そなたはしばらくここにいるな」

「はい」

「また、話を聞かせてもらうことがあるかもしれない。もし、引越しをするなら、わしにも知らせてもらいたい」

「わかりました」

「邪魔をした」

剣一郎は太助と共に階段を下りた。

何かすっきりしない。石松と岡太郎。何か見逃していることがあるのだ。それが何か、剣一郎は思いつかなかった。

「石松は昔はおとなしい男だったのでしょうね。そんな男が内儀の誘惑に負けて、遠島になって、すっかりたくましくなったって感じですね。手代だったという面影はありません」

太助は感慨深そうに、

「石松が流されていたのは三宅島でしたっけ」

と、きいた。

「そう、三宅島だ。確か『大黒屋』の忠兵衛も……もしや」

剣一郎は声を呑んだ。

これだ、と剣一郎は思わず声を発していた。

第四章　忠兵衛の言伝《ことづ》て

一

翌日の朝、剣一郎は太助と共に本郷にある炭問屋の離れに行き、庭先から太助が呼びかけると、障子が開いて五十年配の女が濡縁に出てきた。

「『大黒屋』の内儀《おかみ》さんだったお豊さんですかえ」

庭先に立ち、太助がまず確かめた。

「はい。そうです」

お豊は不審そうに頷《うなず》く。

「南町の青柳さまが訊《たず》ねたいことがあるんです」

太助が言う。

お豊は剣一郎に会釈《えしやく》をした。

「同心の植村京之進が以前、そなたに訊ねたことと重複すると思うが」

編笠をとり、剣一郎はそう言ってから、

「十年前、『大黒屋』は盗品を扱ったかどで闕所《けっしょ》になった。そなたは忠兵衛が盗品を扱ったと思っているのか」

と、きいた。

「いえ。そんなことはしていません。誰かに陥《おとし》いれられたのです」

お豊はきっぱりと否定した。

「誰かとは？」

「わかりません」

お豊は苦しそうに言う。

「旗本大門隼人さまと付き合いがあったそうだな」

「はい。反物をお届けに上がっておりました」

「大門隼人さまは『大黒屋』を訪れたことはあるのか」

「いえ、御用人さまはお出《い》でになりましたが」

「稲川佐兵衛さまか」

「はい」

「忠兵衛は大門隼人さまの文《ふみ》を信じて盗品と知らず反物を引き取ったと訴えてい

た。それに間違いはないか」

「はい」

「そなたも、その文を見たか」

「見ました。私も疑いもしませんでした」

「本物とどこが違ったのだ？」

「花押《かおう》です。大きさと押す場所が違っていたそうです」

「大門隼人さまはそんな文を書いた覚えはないと言ったのだな」

「はい。うちのひとが万が一のときの言い逃れのために大門の殿さまの文を捏造《ねつぞう》したと、お奉行所が決めつけたのです」

お豊は奉行所にも怒りをぶつけた。

「手代の益次郎も忠兵衛に不利な証言をしたな」

旗本大門隼人の家来が隼人の文を持って仲買人の男と共に『大黒屋』を訪れた。手違いで余分に反物を仕入れてしまったので、なんとか引き取ってもらえないかと仲買人に頼まれた。隼人さまの口添えもあるので、忠兵衛は荷を引き受けた。

しかし、益次郎が否定したのだ。

「きっと益次郎も仲間……。でも、お奉行所は益次郎の言い分を信じましたから」

またも、お豊は奉行所に恨《うら》みをぶつけた。

「忠兵衛は三宅島に遠島になったのだな」

「はい。島で亡くなりました」

「忠兵衛とそなたの間には子どもが七人いたそうだが」

「はい」

「子どもたちも、忠兵衛は陥れられたと思っているのか」

「そうです」

「それにしては、忠兵衛の汚名を雪《そそ》ごうとか、『大黒屋』を再興させたいとか、誰も思わなかったのか」

剣一郎は疑問を口にする。

「長男忠太郎と一番下のお糸はそのような気持ちを持っていたようですが、そこまでの力はなかったんです」

「他の兄弟はそのようなことを考えなかったのか」

「はい」

「忠太郎とお糸以外はよそに奉公に出ていたんです。父親から追い出されたと思っていたようです。だから、父親にも『大黒屋』にもそれほどの思い入れはなかったのでしょう」

お豊は冷めた口調で言う。

「そなたはどうなのだ？」

「なにも出来ませんから」

「なにか、忠兵衛に反発することでもあったのではないか」

「それは……」

「これは大事なことだ。何かあったのではないか」

「………」

「忠兵衛には外に子どもがいたのではないか、どうだ？」

お豊の顔つきが変わった。

「いたのだな」

「はい」

「詳しく聞かせてくれ」

剣一郎は促した。

「女中に産ませたのです」

「女中に?」

「はい。葛西《かさい》の百姓の娘で、なかなか気立てもよく、器量も。その娘にうちのひとは手をつけたのです」

「いつのことだ?」

「私がふたり目を身籠《みごも》もっているときです」

「すぐ気づいたのか」

「いえ。ふたり目が生まれたあと、その女中は『大黒屋』からいなくなってました。うちのひとから、体を壊して葛西の実家に帰ったと聞きました。それから九年後、十歳になる忠吉《ちゆうきち》という男の子が奉公にやってきました。うちのひとの一存でした。うちのひとはその子に目をかけていたのです。そのうち、その子がうちのひとに似ていることに気づき、問いつめた結果、女中に産ませた子だとわかったのです」

お豊はため息をつき、

「うちの子どもたちは反発しました。自分たちがよそに奉公に出されていくのに、忠吉だけが大事にされていると。結局、忠吉は一年足らずで『大黒屋』を辞めていきました」

「その後、忠吉はどうしたか知っているか」

「いえ、何も聞いていません。ただ、どこかで面倒を見ていたことはわかっていますが、そのことでうちのひとと話したりしませんでした」

「そうか。忠吉に何か特徴はなかったか」

「特徴ですか。凜々《りり》しい顔をしていましたが……」

お豊は首を傾げた。

「黒子《ほくろ》とか」

「黒子？　あっ、そういえば、黒子がありました。うちのひとと同じ、右の二の腕にふたつ」

「よし」

それだけわかれば確かめられる。剣一郎は礼を言って引き上げようとしたが、
ふと思いついて、

「忠兵衛は縁起を担《かつ》ぐほうだったか」

と、きいた。

「商売をしていると、どうしても縁起を担ぎます。庭にお稲荷さんもありました。酉《とり》の市《いち》の熊手《くまで》、穴八幡《あなはちまん》の一陽来復《いちようらいふく》の御札や秋葉《あきば》神社の火事除《よ》けの御札なども……」

「なるほど。白いネズミが描かれた掛け軸を持っていなかったか」

「持っていました。でも、十年前にどこぞに処分してしまいました。そのあとで、盗品事件があったのですが、まさかその掛け軸を処分したせいとも思えませんが」

「やはり、あったか」

もはや、岡太郎が忠吉であることは間違いないようだ。

「青柳さま」

お豊が不安そうに声をかける。

「なんだ？」

「ひょっとして、白ネズミの掛け軸は忠吉の手に？」

「どうしてそう思うのだ？」

「あれほど大事にしていた掛け軸をどこに処分したのか不思議に思っていました。忠吉に渡っていたなら腑《ふ》に落ちます。うちのひとは忠吉を慈《いつく》しんでいましたから」

そう言ったあとで、お豊はあっと声を上げた。

「ひょっとして、忠吉がうちのひとの仇《かたき》を？」

「わからぬ」

「でも、だから忠吉のことを調べているのではありませんか」

「わかったら知らせる」

そう言い、剣一郎は踵《きびす》を返した。

「青柳さま。岡太郎が忠吉に間違いなさそうですね」

通りに出てから、太助がきいた。

「岡太郎が忠吉なら、石松と岡太郎のつながりも想像がつく。石松は三宅島で忠兵衛と親しくなったのだろう。ふたりとも無実の罪で島に流されたのだ。お互いに恨みを言い合ったのだろう」

石松は忠兵衛から岡太郎への言伝てを頼まれたのだ。忠兵衛は岡太郎が築地明石町にいることを信じて石松に託したのだ。

何を託したのか。復讐だ。島役人は庄屋から石松が復讐を企てていると聞いたと言っていたが、忠兵衛の復讐だ。

確証はなかったが、忠兵衛は自分を罠《わな》にはめた連中に見当がついていたのではないか。そして、島で冷静になって考えて、想像が確信に変わった。

だが、すべては遅かった。ついに病に倒れた。息を引き取る間際、石松に築地明石町に住む岡太郎への言伝てを頼んだ。

剣一郎はそう語った。

「岡太郎を問いつめてみますか」

太助が勇躍《ゆうやく》して答える。

「うむ」

剣一郎は頷いたが、眉根を寄せ、

「ただ、解《げ》せないことがあるのだ」

と、口にした。

「なんでしょうか」

「忠兵衛はほんとうに復讐を願ったのか。忠兵衛の汚名を雪いで『大黒屋』を再興することを、なぜ願わなかったのか」

「十年前の汚名を雪ぐことは無理だと悟《さと》ったのではありませんか。だから、復讐に」

「そうかもしれぬ」

なんとなく釈然としなかった。

「岡太郎に会う前に、書き置きと白ネズミの盗人の置き文の文字を比べてみたい」

剣一郎はそう言い、大門隼人の屋敷に向かった。


本郷通りを経て昌平橋《しょうへい》を渡り、小川町にある大門隼人の屋敷に着いた。

門番に稲川佐兵衛への面会を申し入れた。

剣一郎は玄関に太助を待たせ、若い武士に刀を預け、客間に行った。

稲川佐兵衛は不快そうな顔でやって来た。

「まだ、用がおありか」

向かいに腰をおろすなり、長い顎《あご》を突き出してきいた。

「稲川さまは白ネズミの盗人の置き文をご覧になっておいでですね」

「それがどうした？」

「文字の形など、覚えていらっしゃいますか」

「覚えている」

「これをご覧いただけますか」

剣一郎は懐《ふところ》から文を出した。今夜の飯はいらない、と記されている。

「なんだ、これは?」

そう言ったあとで、佐兵衛の顔つきが変わった。

「やっ、これは……」

「いかがですか。盗人の置き文の字と比べて」

「これは誰が書いたものだ?」

「私が目をつけた男です」

「誰だ?」

「その前に、いかがですか」

「違う」

「違う?」

剣一郎は眉根を寄せた。

「先ほどは驚かれたようですが」

「たわいない文句に呆《あき》れただけだ」

明らかに、佐兵衛は嘘をついている。

「この者は白ネズミの盗人の疑いがかかっているのか」

「いえ、まだ確たる証があるわけではありませんので」

「誰だ？」

「まだ、申せません」

「まあ、いい」

佐兵衛は文を返し、

「もうよいか」

と、腰を上げようとした。

「あとひとつ」

剣一郎は引き止める。

「盗人が最初に入ったのはふた月前でしたね」

「さようだ」

「二度目が半月前ですね」

「そうだ。もういいな」

と、佐兵衛は強引に立ち上がった。

襖《ふすま》を開けると、廊下に若い侍が待っていた。

「お見送りを」

佐兵衛は命じる。

「では、失礼いたしました」

剣一郎は挨拶をして玄関に向かった。

屋敷を出て、太助がきいた。

「どうでしたか」

「御用人どのはとぼけていたが、白ネズミの置き文は岡太郎が書いたものに違いない。ただ、岡太郎を問いつめるには確たる証はなく、まだわからないことも多い。それを探るためにも岡太郎と向き合わねばならぬ」

岡太郎が重大な鍵《かぎ》を握っているのは間違いない。これ以上の犠牲者を出さないためにも、岡太郎を問いつめねばならないと、剣一郎は思った。

二

翌日の朝、剣一郎と太助は築地明石町の岡太郎の二階建て長屋を訪れた。

ちょうど、岡太郎は朝餉《あさげ》を終えたところだった。

岡太郎は剣一郎の顔を見て、にやりと笑った。

「青柳さま。朝早くに何事でございましょう」

「昨夜、またいなかったな?」

「はい、ちょっと遊びに」

「いつぞやの岡場所か」

「はい」

「少しききたいことがある。ここに座らせてもらっていいか」

「どうぞ」

剣一郎は腰の刀を外して上がり口に腰を下ろした。

「岡太郎とは、ほんとうの名か」

「なぜでございましょうか」

「岡場所、岡惚《おかぼ》れの岡ではないかと思ってな。つまり、そなたは本家の子ではないという意味で、そう名乗ったのではないかと」

「恐れ入ります」

岡太郎は苦笑した。

「仰るとおり、あっしは妾《めかけ》の子ですので、それにふさわしい名乗りをと思いまして」

「実の名は?」

「捨てました」

「なぜだ?」

「なんとなくです」

「本家とのつながりを消すためか」

「……………」

「そなたの父親は誰だ?」

「以前にも申しましたが、知らないのです」

「そうだったな。しかし、十年前までときどき男がここを訪ねてきていたそうだが」

「あっしは奉公していてずっと留守にしていましたので」

「なるほど。母親は料理屋の女中だったな」

「はい」

「で、生まれたのは芝?」

「そうです」

「岡太郎、すまぬが右の袖《そで》をまくってくれぬか」

「えっ。なぜです？」

岡太郎が不審そうな顔をした。

「たいした意味はない」

「…………」

「どうした？」

「なんだか薄気味悪いと思いましてね」

「深く考えなくともよい、さあ」

「じゃあ」

岡太郎は左手で右袖をまくった。

黒子がふたつ並んでいるのを目に留めた。

「結構だ」

「青柳さま。何か、あっしに疑いを？」

岡太郎は真顔になった。

「白ネズミが描かれた掛け軸だが、浅草の骨董《こっとう》屋で手に入れたと言っていたな。白いネズミは大黒さんの使いで縁起がいいからと」

「ええ」

「じつは十年前に闕所になった『大黒屋』の忠兵衛には、女中に産ませた忠吉という子がいたそうだ」

「…………」

「岡太郎。そなたは忠吉ではないのか」

「ばかな」

「忠吉は一時、『大黒屋』に奉公に上がったそうだ。そのとき、内儀は忠吉の二の腕に忠兵衛と同じ黒子があるのを見ていた。それから、『大黒屋』にも白ネズミの掛け軸があったそうだ。いつの間にかなくなっていたという」

剣一郎は迫るように、

「そなたの持っている掛け軸は忠兵衛からもらったものではないか」

「お言葉を返すようでございますが、忠兵衛というお方が骨董屋に売ったものがあっしの手に入ったということではないでしょうか」

「あくまでも、忠吉ではないと言い張るのか」

「はい」

「ところで、三宅島から帰った石松とどうして知り合ったのだ?」

「それは、『近江屋』の内儀さんを介してです。内儀さんから好きな男との逢瀬《おうせ》の場所を探してもらいたいと頼まれたんです」

「『近江屋』に出入りをするようになったのは四カ月前だ。それで、内儀からそのようなことを頼まれるまでに信用を得たということか」

「はい、どういうわけか信頼されました」

「ほんとうは石松がそなたを訪ねてきたのではないか」

「そんなことはありません」

「石松は三宅島に流されていたのだ。そこにはすでに忠兵衛がいた。おそらく、石松は忠兵衛と親しくなったのではないか。お互い、無実の罪で島送りになった身だ。歳は違うが、お互いに身の上を語り合ったであろうことは想像がつく」

「…………」

「忠兵衛は石松に自分を罠にはめて、『大黒屋』を乗っ取った者を名指しした。そして、死ぬ間際に石松に忠吉への言伝てを頼んだのだ」

「あっしにはなんのことか……」

「まあ、聞くのだ」

剣一郎は岡太郎の反論を制し、

「忠兵衛がなぜ、忠太郎や忠次郎たちではなく、忠吉を選んだのか。忠兵衛がもっとも頼りにしていたからではないのか」

と想像を述べて、続けた。

「四カ月ほど前、忠吉は石松の訪問を受けた。三宅島から帰ったと聞き、さぞ驚いたことであろう。それ以上に、忠兵衛の言伝では衝撃的なものだった。『大黒屋』を罠にはめた者たちの名が語られたからだ。だが、証があるわけではない。だから、汚名を雪ぐことは出来ない。忠吉はそれを復讐の訴えと受け取った」

何か言いたそうに口を開きかけたが、岡太郎はすぐに閉ざした。

「忠吉はまず、木挽町一丁目で『笹の葉』という呑み屋をやっているおさきを襲って殺した。次に『香取屋』の手代の益次郎、そして上野元黒門町の『升田屋』の主人功太郎を殺した……」

剣一郎は間を置き、

「あと残るは『香取屋』の主人藤右衛門と旗本大門隼人さま……」

と、言い切った。

「そのために忠吉は旗本大門隼人さまの屋敷に二度忍び込んでいた。おそらく、『香取屋』にも忍び込んでいるのではないか」

「…………」

「だが、自分で話しておきながらこう言うのはおかしいが、今の説明では腑《ふ》に落ちないことがあるのだ」

岡太郎は小首を傾げた。

「益次郎も功太郎も顔面を殴られていた。まるで拷問のあとのようだ。何かをき
き出そうとしたのだろうということだった。つまり、首謀者の名をきき出そうとしたと奉行所は考えた。しかし、忠兵衛は首謀者の見当がついていた。それを言伝てしたのだとしたら、忠吉は益次郎や功太郎を拷問にかけることはない。もっともふたりを脅《おど》して、首謀者を確かめたとも考えられる。だが、そもそも、忠兵衛は忠吉に復讐を頼んだのだろうかという疑問が湧く」

「…………」

「すでに三人が殺されたことから復讐を考えたが、ほんとうは忠兵衛は忠吉にこう言伝てたのではないか。忠兵衛の汚名を雪ぎ、『大黒屋』を再興してほしいと」

岡太郎は厳しい顔で俯《うつむ》いている。

「もし、そうだとしたら、忠吉はなぜ、おさきや益次郎、功太郎を殺したのか。白状させるだけでよかったのだ。殺してしまったら汚名を雪ぐことは叶わない」

「………」

「岡太郎、今の疑問についてどう答えるか」

「さあ、なんと答えていいか」

岡太郎は首を横に振ってから、

「ただ、青柳さまのお話を聞いていて、不審に思ったのは、忠兵衛の汚名を雪ぎ、『大黒屋』を再興してほしいという言伝てです。十年前に奉行所が下したお裁《さば》きを、今さら覆《くつがえ》すことが出来ましょうか」

「その方策を思い付いたのかもしれぬ」

「お言葉ですが、どんな手立てがありましょうか」

「では、そなたは復讐しかないと言うのか」

「いえ、復讐こそ愚《ぐ》の骨頂《こっちょう》です。逆恨みのひと殺しとしか思えません」

岡太郎の顔つきが鋭くなっていた。

剣一郎はさっきから不思議に思っていた。岡太郎から血の臭《にお》いを感じないのだ。ひとを三人も殺したという殺伐《さつばつ》とした様子は窺えない。岡太郎は平然とひとを殺せる冷酷無慈悲《れいこくむじひ》な男なのか。

「そなたは大門隼人さまの屋敷に出入りをしているな。いつからだ?」

「四カ月前です」

「『香取屋』にも出入りをしているのか」

「はい」

岡太郎は素直に答えた。

「『香取屋』にはいつからだ?」

「大門さまのお屋敷と同じ頃です」

「なぜ、『香取屋』に?」

「たまたまです」

「忠吉はこのあと、大門隼人さまと『香取屋』の藤右衛門を襲うつもりか」

「忠吉のことはわかりません」

剣一郎は改めて相手の顔を見つめ、

「そなた、まだ忠吉であることを認めようとしないのか」

と、詰め寄るようにきく。

「いえ。あっしは岡太郎です」

あくまでも、岡太郎だと言い張る表情に気負いは見られない。

「そうか、わかった」

剣一郎は立ち上がった。

外に出てから、

「石松に会う」

と言い、剣一郎は南飯田町に向かった。


明石橋を渡り、南飯田町に入り、荒物屋の前にやってきた。

剣一郎は土間に入り、店番の年寄りの亭主に、石松に会いたいと告げた。

「今、きいて参ります」

と、亭主は二階にききに行った。

すぐ戻ってきて、

「どうぞ、お上がりください」

「失礼する」

剣一郎と太助は店の脇から階段を上がった。

部屋に、石松が待っていた。

「邪魔をする」

そう言い、剣一郎と太助は石松の前に腰を下ろした。

「青柳さま、今日は何か」

「島でのことをききたい」

「島？　三宅島ですかえ」

石松は眉根を寄せた。

「三宅島には十年前に闕所になった『大黒屋』の主人忠兵衛が流されていたはずだ。そなたは忠兵衛と会ったな」

「会いました」

石松は否定しなかった。

「親しく話したのであろうな」

「ええ。忠兵衛さんは罠にはめられて『大黒屋』を失い、無実なのに島送りになったんですから、その悔しさをいつもあっしにぶつけていました」

「誰にはめられたと言っていたのだ？」

「旗本大門隼人と『香取屋』の主人藤右衛門だと言ってました。そこに手代の益次郎やおさきという女が手を貸したと」

石松は正直に話す。

「忠兵衛が亡くなるとき、そなたが看取《みと》ったのか」

「はい、看取りました」

「忠兵衛は何か言い残したか」

「へえ、自分を罠にはめた連中のことを最後まで恨んでいました」

「言伝てを頼まれたのではないか。たとえば、忠吉という男にだ」

「確かに、言伝てを頼まれました」

「認めるのか」

「はい」

「言伝ての内容は？」

「『大黒屋』を罠にはめた連中の行く末を自分に代わって見届けてくれと」

「それだけか」

「はい。恨みを晴らすように頼まないのかときいたら、それは忠吉が決めることだと言ってました」

石松は忠兵衛とのやりとりを正直に話しているのだろうか。

「言伝ては忠吉に伝えたのか」

「いえ、忠吉さんに会えませんでした」

「会えなかった？」

「はい」

「忠吉は岡太郎ではないのか」

「いえ」

「そなたは、忠吉は築地明石町に住んでいると忠兵衛から聞いていた。それで、江戸に帰ると、明石町に行ったのだ」

「確かに、忠吉は築地明石町に住んでいると忠兵衛さんから聞いていました。でも、私が会ったのは岡太郎さんでした」

「岡太郎は忠吉ではないと言うのか」

「本人は否定していました」

「では、忠兵衛の言伝てを岡太郎に話したのか」

「話しました」

「なぜだ？　忠吉ではない者になぜ話したのだ？」

「岡太郎さんが聞かせてくれというので。あっしも『近江屋』の内儀さんへの連絡を頼みたかったので、つい話してしまいました」

石松は淀《よど》みなく答える。

何か違和感がある。岡太郎にも感じたことだ。何かふたりは示し合わせているような気がしてきた。

「今も忠吉を探しているのか」

剣一郎は石松の顔色を窺う。

「いえ、どこを探していいのかわかりませんので」

「忠兵衛の妻女か子どもたちには会いに行ったのか」

「いえ。そこまでは託《たく》されていませんので」

石松は首を横に振る。

「忠兵衛の死に際に立ち会ったのなら、最期の様子を知らせてやってもいいのでは？」

「そうですね」

石松は曖昧《あいまい》に返事をする。

「岡太郎は忠吉に間違いない。そのことを否定したのは、そなたに罪が及ばないようにするためであろう。邪魔をしたな」

剣一郎は腰を上げた。

「あっ、青柳さま」

石松は厳しい顔つきになって、

「じつは気になることが……」

「なんだ？」

「あっしと会ったあと、岡太郎さんは旗本大門隼人さまのお屋敷と『香取屋』に出入りをするようになったんです。だから、なぜとききました。でも、何も答えてくれませんでした。でも、もし岡太郎さんが忠吉だとしたら」

石松は息を継ぎ、

「岡太郎さんは今日の夕方、橋場《はしば》にある『香取屋』の寮《りよう》に招かれているそうです」

「『香取屋』の寮？」

剣一郎は再び腰を下ろした。

「はい。何があるのかときいたら、そこに旗本大門隼人さまも来るとのこと」

「大門隼人さま……」

「はい。そこで簪《かんざし》を買ってくれると」

石松の表情が微《かす》かに翳《かげ》った。

「そのことが何か気にかかるのか」

「岡太郎さんが最後に妙なことを呟《つぶや》いたんです。白ネズミがばれたかもしれないと」

「白ネズミとな。岡太郎がそう言ったのか」

「はい。どういうことかときいたら、何でもないと言ってました。ちょっとそのときの岡太郎さんの顔が厳しかったので」

「岡太郎は橋場の寮に誘《おび》き出されたと？」

「はい。岡太郎さんが忠吉だということは、大門隼人と藤右衛門にばれているのではないか。そんな気がしたんです」

「そうか。よく話してくれた」

剣一郎は腰を上げた。

外に出てから、岡太郎は白ネズミの盗人だったんですね」

「やっぱり、岡太郎は白ネズミの盗人だったんですね」

「おそらくな。それより、石松はなぜ、あんなことを言い出したのか。いや、それより、岡太郎がどうして石松に『香取屋』の寮に招かれていると打ち明けたのか」

何か不自然な気がしないでもないと思ったが、石松の不安は捨ておけない。

「太助、『香取屋』の寮の場所を調べておくのだ」

「へい」

「わしは奉行所に戻る」

剣一郎は太助と分かれ、奉行所に急いだ。

三

年寄同心詰所に、植村京之進と只野平四郎、そして宇野清左衛門も集まった。

「『大黒屋』の忠兵衛には女中に産ませた忠吉という子どもがいた。忠吉は築地明石町に岡太郎と名乗って住んでいた」

剣一郎は切りだした。

「この岡太郎は小間物の行商を生業にしているが、じつは旗本屋敷を専門に狙う盗人だ。白ネズミが描かれた置き文があって、被害に遭《あ》った屋敷は体面を考えて被害を隠していた」

剣一郎は一同の顔を見て続ける。

「この白ネズミが出没し出したのが四年前だ。ちょうど三宅島に流されていた忠兵衛が亡くなった頃だ。そして、三宅島にその三年前に送られてきたのが石松だ」

石松と忠兵衛の関係を説明し、

「忠兵衛は死ぬ間際に石松に、忠吉への言伝てを頼んだ。四年後、江戸に戻ってきた石松は忠吉を訪ねた。それから、事態が動きはじめたのだ」

「最初に木挽町一丁目の『笹の葉』のおさき、次に『香取屋』の手代益次郎、そして上野元黒門町の『升田屋』の主人功太郎を殺したのですね」

京之進が口をはさむ。

「だが、何のために拷問をしたのか」

「仲間のことを白状させるためではないのですか」

「確かに、益次郎の口から首謀者は大門隼人さまと藤右衛門だと言わせたかったのかもしれないが……」

剣一郎は何かまだ見過ごしていることがあるような気がしてならない。

「岡太郎を捕まえてはいかがですか」

京之進が言う。

「岡太郎が忠吉であることは間違いない。ただ、石松は言伝ては、『大黒屋』を罠にはめた連中の行く末を自分に代わって見届けてくれというものだと言ってる。復讐の話を否定している上に、三人の殺しに関わっているという明確な証がない。今のままでは、捕縛は難しい」

「おさき殺しはまだ手掛かりはつかめぬのか」

清左衛門が只野平四郎に声をかけた。

「殺される数日前に、岡太郎らしい男が『笹の葉』にやってきたことがわかっていますが、事件当日は岡太郎らしき男を見かけたという話はありません」

「益次郎の妻女はどうなんだ？」

今度は、清左衛門が京之進にきいた。

「岡太郎の特徴を言っても、頰被《ほおかぶ》りをしていたのではっきりわからないそうです。岡太郎に会わせてみたいと思っているのですが」

「会わせてもはっきりしないであろう。功太郎も同じか」

清左衛門はため息混じりに言い、

「青柳どのが懸念《けねん》を口にしたように、下手人がほんとうに殺したかったのは三人のうちのひとりで、殺しの狙いを隠すために『大黒屋』の騒動を利用したということもあり得ないことではない。そっちほうはどうだ？」

と、きいた。

「おさきに関しては、ふたりの男がおさきを巡って対立していました。が、ふたりとも殺しには関与していませんでした。『笹の葉』は商売がうまくいっていなかったようです。しかし、このことが殺しに繋《つな》がるとは思えません」

平四郎が答え、続けて京之進が説明した。

「益次郎を殺すほど恨んでいる者はいませんでした。功太郎も強欲なところがあって、ひとから嫌われていたようですが、殺しまで行くような者はおりません。ただ、おさきと同じで、商売はうまくいっていなかったようです」

「三人の殺しは『大黒屋』に絡《から》んでおり、疑いがもっとも濃いのは岡太郎であることは間違いありますまい」

剣一郎は言い切ったものの何かしっくりこないものがあった。

「いずれにしろ、夕方、岡太郎は橋場にある『香取屋』の寮に招かれているのだ。一介の小間物屋が招かれるのは不自然だ。『香取屋』の藤右衛門も大門隼人さまも、岡太郎が忠吉だということを調べ上げているとみていい。もし、ふたりが『大黒屋』を罠にかけた首謀者なら、誘き出して岡太郎を始末することも十分に考えられる。また」

剣一郎は続けた。

「岡太郎にしても自分の正体がばれたことに気付いているとしたら、あえて誘いに乗ったとも考えられる。この機に乗じて、藤右衛門と大門隼人さまを襲うつもりかもしれぬ。夕方には『香取屋』の寮近くに待機し、万が一何かが起こったら直ちに踏み込めるようにしておくのだ」

剣一郎は京之進と平四郎に告げた。

「わしは『香取屋』の寮に忍び込み、中の動きを見張る」

「はっ。では、さっそく手配にかかります」

京之進と平四郎は一足先に部屋を出て行った。

剣一郎は差配に手抜かりはないかを考えた。だが、またも引っ掛かっていたことが蘇《よみがえ》った。

「青柳どの、まだ何かご懸念が？」

剣一郎の表情が翳ったのを見逃さずに、清左衛門がきいた。

「岡太郎の考えが今ひとつわからないのです」

「と、言うと？」

「復讐だとしたら、本命は藤右衛門と大門隼人さまで、このふたりを真っ先に殺すのではないでしょうか」

「おさきや益次郎、功太郎を殺して相手に恐怖を味わわせてから殺そうとしたとも考えられる。いずれにしろ、復讐なら関わった者すべてを殺そうとするのではないか」

清左衛門は異を唱えた。

「確かに、そうかもしれません。今日、岡太郎は罠を承知で『香取屋』の寮に行き、藤右衛門と大門隼人さまを襲うつもりかもしれないとさっきは申しましたが……」

剣一郎は首を傾げ、

「今日の『香取屋』の寮には大門隼人さまの家来も、藤右衛門のところの奉公人もいるでしょう。岡太郎を始末しようと誘き出したのだとしたら、そんな中でふたりを殺すのは容易ではありません」

「確かに、そうだ」

「岡太郎は大門隼人さまの屋敷の寝間に二度も忍び込んでいるのです。それも大門隼人さまに気づかれずに。復讐をするなら、なぜ、そのときにしなかったのか」

剣一郎は首をひねって呟く。

「失敗して騒がれたらと用心したか」

「それなら、今日の『香取屋』の寮のほうがはるかに危険です」

「すると、岡太郎はただ素直に招きに応じただけか。罠とは知らずに」

清左衛門はきいた。

「いや、罠だと気付いているはずです。それなのに、なぜ……。やはり、私は何かを見逃しているようです。表面に見えることだけにとらわれて、肝心なことが目に入っていないのかもしれません」

剣一郎は舌打ちする思いで言い、

「少し考えてみます」

と、腰を上げた。

「青柳どの。これ以上の犠牲者は出したくない。頼みましたぞ」

「わかりました」

清左衛門といっしょに部屋を出て、剣一郎はいったん与力部屋に戻った。すでに、礒島源太郎と大信田新吾は見廻りに出たあとだった。

奉行所の門を出たところに太助が待っていた。

「青柳さま。『香取屋』の寮の場所がわかりました」

「そうか、ごくろう」

「これから向かいますか」

「その前に小川町だ」

剣一郎は小川町にある大門隼人の屋敷に向かった。

大門隼人の屋敷に着き、門番に稲川佐兵衛への面会を申し入れた。が、出かけているとのことだった。

「どこへお出かけかわかりませんか」

「知らぬ」

門番は首を横に振った。

「殿さまは？」

「出かけておる」

「稲川さまといっしょですか」

「そうだ」

「失礼しました」

剣一郎は小川町から大伝馬町に行った。

『香取屋』に着いたとき、ちょうど藤右衛門が店の前に停まっていた駕籠《かご》に乗るところだった。

剣一郎と太助は向かいの商家の脇に立った。駕籠はすぐに出立した。駕籠の脇に、供の者がついていく。
二十四、五歳くらいか。細面で顎が尖った鋭い顔つきの男だ。奉公人には思えない。
剣一郎は足の運びを見て、かなり武道に長《た》けている男だとみた。

駕籠が遠ざかったあと、剣一郎は駕籠を見送っていた番頭に声をかけた。

「青柳さま」

番頭は頭を下げた。

「藤右衛門はどこに出かけたのか」

「橋場の寮でございます」

「寮で何かあるのか」

「お客さまをお招きだそうです」

「客とは誰だ？」

「それは……」

「旗本の大門隼人さまではないのか」

「はい」

仕方なさそうに、番頭は頷いた。

「よく、大門さまを寮にお招きすることはあるのか」

「たいていはこちらにいらっしゃいます。寮には滅多に」

「では、珍しいことなのか」

「はい」

「駕籠の脇についていた男は奉公人とも思えぬが、誰だ?」

「旦那さまの用心棒で、弥次郎《やじろう》という男です」

「用心棒とな?」

「はい。いつも外出するときは連れて行きます。旦那さまが信頼している男です」

「弥次郎はいつから用心棒に?」

「二カ月ほど前からです」

「それ以前にも、用心棒はいたのか」

「いえ。おりません」

「何か、用心棒を雇わざるを得ない事情でもあったのか」

「いえ、そういうわけではないようです」

「弥次郎はどこで見つけてきたのだ？」

「さあ、わかりません」

「そうか。邪魔をした」

剣一郎は番頭と別れ、駕籠のあとを追った。駕籠は横山町《よこやま》のほうに向かっていた。

半刻（一時間）後に、剣一郎は橋場の『香取屋』の寮の前にやってきた。背後に寺の伽藍《がらん》が見える。

空駕籠が引き返して行く。

『香取屋』の寮は塀に囲われて、二階建ての母家が見える。塀際に松の樹が枝を伸ばしていた。

寮の裏にまわってみた。途中で、剣一郎は立ち止まって、寺の築地塀《ついじべい》のあたりに目をやった。

「青柳さま、何か」

太助が不審そうにきいた。

「いや、気のせいか」

ひとの視線を感じたが、それも一瞬だった。

剣一郎は先に進んだ。寮の裏口を見つけた。

「あっ、開いています」

太助が戸を押して言った。

「不用心なことだ。かえって助かったが」

剣一郎と太助は庭に入った。

植込みの間を縫《ぬ》って、母家のほうに向かい、途中で足を止めた。

松の樹の陰《かげ》から母家の様子を窺う。庭に面した部屋の障子は開け放たれていて、中にいる者たちの顔が見えた。

稲川佐兵衛の横に、いかめしい顔つきの武士がいた。大門隼人であろう。その向かいに、藤右衛門の姿があった。それぞれの前に酒膳が置かれていた。

「まだ、岡太郎は来ていないようですね」

そろそろ、夕七つ（午後四時）になるころだ。

「二階を見てみろ」

剣一郎は編笠を持ち上げて太助に言う。

「柄のよくない連中がいますね。さっきの弥次郎という用心棒も」

太助が呟く。

「やはり、岡太郎を殺《や》るつもりだ」

剣一郎は確信した。

部屋に女中らしい女が入ってきて、藤右衛門に何か告げた。

やがて、男が入ってきた。

「岡太郎です」

太助が興奮した。

「太助、京之進らを呼びに行け。わしは様子を見て縁側に近づく」

「はい」

太助は裏口からかけて行く。

岡太郎は辞儀をして挨拶を述べている。

藤右衛門が何か言っている。岡太郎が答えている。声はここまで届かない。だんだん、険《けわ》しくなっていっているようだ。

岡太郎はなぜ、ここにやって来たのだろうか。ふと、疑問が芽生えた。危険を想像出来なかったのか。

そのとき、裏口が開いていたことを思いだした。

二階からひと影が消えた。不穏な空気が流れた。剣一郎は辺りに気を配りながら、母家に近づき、濡縁に上がった。

障子の陰から、聞き耳を立てた。

「おまえが忠兵衛の妾の子の忠吉だと調べがついている」

藤右衛門が冷やかな声で続ける。

「おまえひとりで何が出来るのだ。白ネズミの置き文にいい加減なことを書きやがって。おまえの戯言《ざれごと》など誰が信じると思っているのだ」

「罠にはめて『大黒屋』を乗っ取った大悪党、大門隼人と藤右衛門。おまえたちのことはお天道様が許さねえ」

岡太郎が叫んだ。

無謀《むぼう》だ、と剣一郎は思った。敵陣の中にたったひとりで勝ち目などない。なのに、なぜ岡太郎は乗り込んできたのか。

「負け犬の遠吠えだ」

藤右衛門は言い、手を叩いた。

するとꎸが開いて、弥次郎たちが部屋に入ってきた。そして、岡太郎を取り囲んだ。

「のこのこ、誘いに乗ってやって来るとは愚かだ」

大門隼人が吐き捨てた。

「おまえはきょうでこの世からいなくなるのだ。心配しなくていい。この庭に埋めてやる。裏にある寺から読経《どきょう》の声が聞こえるから安らかに眠れる」

藤右衛門は笑った。

「なぜ、『大黒屋』に目をつけた？」

岡太郎がきいた。

「冥土《めいど》の土産《みやげ》に教えてやろう。『大黒屋』はわしの頼みを撥《は》ねつけたのだ」

大門隼人が口を開いた。

「頼みとはなんだ？」

「『香取屋』が深川にあった頃、小火《ぼや》を出したことがあった。土蔵の反物に消火の水がかかって、商売にならなくなった。その反物を『大黒屋』に引き取ってもらい、新品として売ってもらおうとしたのだ」

大門隼人が言う。

「『大黒屋』は撥ねつけて、わしの顔に泥《どろ》を塗ったのだ」

「そんなの撥ねつけるのは当然だ。詐欺《さぎ》じゃねえか」

「『大黒屋』の信用があれば、ちゃんと売れたはずだ」

大門隼人は顔をしかめた。

「悪いことをしているって気持ちはないのか」

岡太郎は呆《あき》れたように言う。

「忠兵衛は融通が利《き》かない男だったのだ」

「商人としての正しい道を選んだだけじゃねえか。それなのに、根に持って……」

岡太郎は憤然と言う。

「『大黒屋』の信用が欲しかったのだ」

藤右衛門は平然と言う。

「『大黒屋』をはめようと言い出したのはどっちなんだ?」

「俺だ」

藤右衛門は言い、

「そのためには大門の殿さまの助けがいるので、俺が殿さまに頼んだのだ」

「やっぱり、あの文は本人が書いたのか。だから、親父は信用したのだ」

「あとで偽装らしくするために花押の形や押す位置を変えた。忠兵衛はそこには目がいかなかったのだ」

大門隼人は冷笑を浮かべた。

「盗品はどうしたんだ？」

「そこにいる弥次郎が上州の仲間といっしょに問屋を襲ったのだ」

藤右衛門は答え、

「よくわかったか。これで心置きなくあの世に行けるな」

と、弥次郎に目配せをした。

弥次郎が岡太郎の腕を摑《つか》もうとした。

「待て」

岡太郎は叫んだ。

「『大黒屋』の手代益次郎をどうやって仲間に引き入れたのだ？」

「女と金だ。それに、『香取屋』で雇って番頭にしてやると言ったら、あっさり乗ってきた。おさきは俺がよく使っていた深川門前仲町の『川角家』という料理屋の女中だ。店を持つ元手を出してやると言ったら、喜んで引き受けた」

「功太郎も同じか」

「そうだ。店を出す元手を出すと言えば否やはなかった」

「『川角家』の客にたまたま高崎から来ていた織物商がいて、高崎の織物問屋から盗まれたものだとわかったということだったが、そんな商人はいなかったのだな」

「そうだ」

藤右衛門は貶《さげす》むような笑みを浮かべたが、

「だいぶ陽も陰ってきた。もう思い残すことはあるまい。おい、殺れ」

と、笑みを消して言った。

柄の悪い男がふたりがかりで岡太郎の腕を摑み、庭に引きずり出した。

岡太郎は両脇から腕をおさえつけられて立っている。弥次郎が廊下から飛び降り、匕首《あいくち》を構えた。

「死んでもらうぜ」

弥次郎が迫った。

「待て」

剣一郎は飛び出した。

「誰でえ」

弥次郎が叫んだ。

部屋から大門隼人と藤右衛門が飛び出してきた。

「何者だ？」

大門隼人が叫ぶ。

「編笠をとりやがれ」

藤右衛門が憤然と言う。

「このやろう」

弥次郎が匕首を構えて向かってきた。剣一郎はかわしながら弥次郎の腕を摑み、逆にねじ上げた。

弥次郎の体が宙に浮いて背中から落ちた。

「やれ」

三人の侍が飛び出してきた。

三人は剣一郎を取り囲んで、刀を抜いた。

「無駄なことだ」

「なに」

長身の侍が凄《すさ》まじい気合で斬《き》り込んできた。

剣一郎は抜刀して相手の剣を弾《はじ》いた。すかさず、右横から若い侍が斬りつける。剣一郎は相手の剣を鎬《しのぎ》で受け止めた。

「そなたは、小川町の屋敷で会った御仁《ごじん》だな」

剣一郎はそう言い、相手の剣を突き放した。よろけて体勢を立て直した若い侍は剣一郎を見返したあと、あっと声を上げた。

すぐに、長身の侍の剣が上段から襲いかかってきた。剣一郎は素早く踏み込み、相手の胴を刀の峰《みね》で打った。長身の侍は数歩行き過ぎてからくずおれた。背後から三人目の侍が裂帛《れっぱく》の気合で突進してきた。剣一郎は身を翻《ひるがえ》して相手の剣を弾いた。あっと相手は叫んだ。剣が宙を飛び、庭の土に突き刺さった。

「なにをしておる。叩き斬れ」

縁側に立っていた用人の稲川佐兵衛が癇癪《かんしゃく》を起こして若い侍に叫んだ。

若い侍は縁側に近付き、

「あの者は青痣与力」

と、叫んだ。

「なに、青痣……」

佐兵衛が恐ろしい形相で剣一郎を見た。

剣一郎は刀を鞘《さや》に納めて縁側に近付き、

「稲川さま」

と声をかけ、編笠をとった。

あっと言った切り、佐兵衛は絶句した。

「どうしてここに……」

藤右衛門がうろたえて言う。

「香取屋藤右衛門、そして大門隼人さま。この青柳剣一郎、最前の岡太郎こと『大黒屋』の遺児忠吉とのやりとり、聞かせていただいた」

「違います」

藤右衛門が大声を張り上げた。

「さっきの話は岡太郎に合わせて言っただけで、ほんとうのことではありません」

「藤右衛門、見苦しいぞ」

「ほんとうです。岡太郎は、我らを『大黒屋』をはめた首謀者と決めつけ、『香取屋』の番頭益次郎ら三人の殺しに続いて私たちを殺そうとした。だから、逆につかまえ、制裁をしようとしたのです。ただ。そのまま殺すのは可哀そうなので、岡太郎の妄想に合わせて我らを悪にして……」

「藤右衛門、言い訳はきかぬ」

剣一郎は切り捨てる。

「ほんとうです。おさきに益次郎、そして功太郎の三人を殺したことを見ても、岡太郎は逆恨みから殺人鬼と化していることは明白。だから、我らは自衛のためにきょうのことを仕組んで」

「藤右衛門。わしは不思議に思っていたことがある。岡太郎は白ネズミの盗人だ。旗本屋敷にも簡単に忍び込み、そして気付かれることなく、寝間にも侵入している。のだ。おそらく、『香取屋』にも忍び込み、そなたの寝間にも入り込んでいたのではないか。だが、そなたはまったく気付かず、朝になって白ネズミの置き文を見て、驚いたのではないか」

「…………」

「これが何を意味するかわかるか。そのとき、大門隼人さまと藤右衛門を殺そうと思えば殺せたのだ。だが、岡太郎はそれをしなかった。なぜだと思うか」

「…………」

藤右衛門は首を横に振る。

「簡単なことだ。殺すつもりはなかったのだ。つまり、岡太郎は復讐をしていたのではないということだ。だとすれば、益次郎たちを殺すはずはない」

剣一郎は言い切り、岡太郎に声をかけた。

「岡太郎。そなたに訊ねる。おさき、益次郎、功太郎の三人を殺したのか」

「いえ、あっしは三人に会いに行きましたが、殺していません」

「何のために三人に会いに行ったのだ？」

「三人にほんとうのことを喋ってもらおうとしたのです。首謀者の名も三人の口から語ってもらいたかった。でも、三人は語ろうとしませんでした」

「だから殺したんです」

藤右衛門が叫ぶ。

「殺していません」

岡太郎は訴える。

「藤右衛門、聞いたか。岡太郎には殺す気などなかったのだ。なぜなら、岡太郎の狙いは、忠兵衛の汚名を雪ぎ、『大黒屋』再興の道を開くことにあったからだ」

「…………」

藤右衛門は押し黙った。

「岡太郎、どうなのだ？　石松から聞いた忠兵衛の言伝ではそういうことではなかったのか」

「はい。そのとおりです」

「では、三人を殺したのは誰か」

佐兵衛がいらだったようにきいた。

夕陽が沈みかけていて、辺りは薄暗くなっていた。誰が点けたか、座敷に行灯《あんどん》の明かりが灯った。

「稲川さまはご存じないのですか」

「わしは岡太郎が殺したとばかり思っていた」

佐兵衛が困惑したように言う。

「藤右衛門、そなたではないか」

剣一郎は藤右衛門を睨みつけた。

「ばかな。なぜ、私が三人を殺さなくてはならないのです」

藤右衛門は憤然となった。

「口封じだ」

剣一郎は言い切る。

「岡太郎の追及に三人のうちの誰かが真実を語ってしまうかもしれないという恐れがあったのではないか」

「ばかな。自分たちの不利になることを話すはずありません」

「益次郎は通い番頭だが、暖簾《のれん》分けをする約束があったのではないか。早く店をもたせろとそなたに迫ったか。また、おさきのやっている『笹の葉』という呑み屋は客離れが起きていたという。功太郎の『升田屋』も商売はおもわしくなかった。このふたりも、藤右衛門、そなたに何か要求をしてきたのではないか。もちろん金だ。金を出さねば、やけくそになって岡太郎に問われるままに秘密を口にしてしまうかもしれない。それを恐れたのではないか」

「…………」

藤右衛門の顔が強張《こわば》った。

「どうだ？」

「藤右衛門、そなただったのか」

佐兵衛が唖然《あぜん》としてきいた。

「実際に手を下したのは弥次郎だな」

剣一郎は、起き上がって藤右衛門の近くに戻っていた弥次郎に顔を向けた。

弥次郎は茫然《ぼうぜん》と立っていた。

ひとの足音がいくつも重なって聞こえ、植村京之進と只野平四郎が捕り方を連れて駆けつけてきた。

「青柳さま」

京之進がそばにきた。

「ごくろう。おさき、益次郎、功太郎の三人を手にかけたのはそこにいる弥次郎だ。それを命じたのは藤右衛門だ」

剣一郎は説明し、

「十年前の『大黒屋』の件は、藤右衛門と大門隼人さまが仕組んだものだ」

そう言ったとき、剣一郎は大門隼人の姿が見えないことにはじめて気付いた。

「大門隼人さまは？」

剣一郎は佐兵衛にきいた。

「お屋敷に帰られた」

佐兵衛は力のない声で言ったあと、

「青柳どの」

と、縁側から庭に下りてきた。

辺りはだいぶ暗くなっていた。

「十年前のことは私がやったのだ。殿は関係ない」

「稲川さま。大門隼人さまは『大黒屋』の忠兵衛を騙《だま》すためにほんとうに文を書いているのです。そのことひとつをとっても、責任がないとは言えません」

「………」

佐兵衛は肩を落とした。

庭の隅で言い争う声が聞こえたのは、逃げようとした弥次郎たちを捕り方が追いかけて捕まえたのだ。

「岡太郎」

剣一郎は岡太郎の前に行き、

「裏口の鍵を外したのはそなたではないか」

と、確かめた。

「はい。そのとおりでございます」

岡太郎は素直に認めた。

「わしがここにくることはわかっていたのだな。いや、わしがここに来るように導いたのだ。石松も嚙んでいたか」

剣一郎は呆れたように言い、

「そなたの狙いははじめからこれだったのか」

と、感嘆してきいた。

「はい、申し訳ございません。でも、おかげで親父の名誉を回復することが出来そうです。ありがとうございました」

「詳しい話は、石松を交えて大番屋で聞かせてもらおう」

「わかりました」

岡太郎はすっきりした表情で答えた。

四

翌日、剣一郎が南茅場町《みなみかやばちょう》にある大番屋に行くと、すでに岡太郎と石松が来ていて、京之進から事情をきかれていた。

「今、岡太郎から白ネズミの盗人のことをきいていました」

京之進が剣一郎に話したあと、岡太郎に顔を向けて、

「青柳さまにそなたからもう一度話を」

と、促した。

「はい」

岡太郎は頷き、剣一郎を見て口を開いた。

「あっしは十歳のときに『大黒屋』に奉公に上がりましたが、親父の子どもだと知られ、居づらくなって一年足らずで『大黒屋』を辞めました。その後、商人がいやになってましたので親父の世話で、鳶《とび》の親方のところに住み込みました。それが運命を変えたのかもしれません。なにしろ、高いところに上がることが平気になったんです。島流しになった親父が死んだという知らせを聞いてから、あっしは……」

岡太郎は大きく息を吐き、

「世の中がいやになってました。親父を悪者にした奉行所をはじめ、世の中に恨みを持つようになりました。鳶の親方のところを飛び出したあと、旗本屋敷に忍び込み、金を盗みました。たやすいことでした。旗本屋敷に忍び込んだのは『大黒屋』をはめた黒幕の大門隼人も旗本だったからです」

剣一郎は黙って聞いていた。

「旗本屋敷から簡単に金を盗むことが出来たことに味をしめ、いつしか旗本屋敷を専門に忍び込むことに。ところが、屋敷のほうでは体面を考えて被害を隠したらしく、いっこうに盗人のことが噂にもなりません。それで、白ネズミの置き文をして……」

岡太郎は旗本屋敷を専門に狙う盗人になった経緯を語ったが、問題はこれからだった。剣一郎は口を開いた。

「四カ月前、そなたの前に石松が現われたのだな」

「はい。三宅島で三年ほど親父といっしょだったと聞いて、驚きました」

「石松は言伝てを持ってきた。その言伝ての内容を教えてもらいたい」

「『大黒屋』の汚名を雪ぎ、再興してくれというものです。『香取屋』の藤右衛門をはじめ、罠にはめた連中の名も告げられました」

脇に控えている石松は口を真一文字に閉じていた。

「しかし、今さら十年前の真相を明らかに出来るとは思えぬが、そなたはその気になったのか」

「親父の無念を思うと、居ても立ってもいられなくて」

「それでおさきや益次郎に会いに行ったのか。あの者たちがちゃんと話してくれると思ったのか」

「おさきは呑み屋がうまくいっていないと聞いていたので、『香取屋』の藤右衛門から金を出させたらどうだとそそのかしました。『升田屋』の功太郎も同じです」

「なるほど。そうやって、真実を語らせようとしたのか」

「はい。でも、三人とも殺されてしまいました。藤右衛門があっしに罪をなすりつけようとしていると思いました」

「そなたは、本気で十年前の真相を明らかに出来ると思っていたのか」

「なんとかなると」

「石松の言伝てには他にも何かあったのではないか。十年前の真相を明らかにする手立てが告げられたのではないか」

「………」

「石松」

剣一郎は石松に顔を向けた。

「そなたは忠兵衛から十年前の真相を明らかにする手立てを聞き、そのことを岡太郎に告げたのではないか」

「そなたは江戸に帰るとき、庄屋に復讐をすると言っていたそうだな。その話を島役人が聞き、江戸の役人から奉行所にも話が伝わった。しかし、そなたには復讐などする気はなかった。どうだ？」

「……はい」

石松は認めた。

「なぜ、復讐すると周囲に話したのだ？　奉行所の注意を自分に引き付けるため、そしてその注意が岡太郎に向かうようにするため。違うか」

「そのとおりでございます」

石松は顔を上げた。

「忠兵衛さんは、今さら十年前の真相を明らかにするのは無理だ。だが、ひとつだけ、手立てがあると」

石松は続けた。

「青痣与力を引っ張り出すことだと」

「やはり……」

剣一郎は眉根を寄せた。

「忠兵衛さんはこう仰ってました。十年前の盗品事件も青柳さまが取調べをしてくれたら、こんなことにはならなかったと。あっしの件も、青柳さまが立ち会っていたら、島送りにならなかったはずだと」

「忠兵衛がそう言ったのか」

「はい。十年前の真相を明らかにするには、青柳さまの前で、藤右衛門と大門年人に真実を語らせるしかないと。あっしは、忠兵衛さんの思いを岡太郎さんに伝えました」

「そなたが復讐を言いふらしたのは、わしを引っ張りだすためだったというのか」

「はい。無実の罪の男が復讐に走ったら奉行所は対処に困る。必ず、青柳さまが乗り出してくると」

「しかし、その保証はない」

「いえ、忠兵衛さんは信じていました。そのことに賭けていました。もし、お天道様がちゃんと物ごとの道理を見ていてくれるなら、必ず青柳さまを引っ張りだしてくれると。もし、青柳さまが出てこなければ、それまで。お天道様は正義を見捨てたということ。諦めるしかないと呻《うめ》くように言ってました」

「岡太郎」

剣一郎は岡太郎に顔を向けた。

「そなたはわざと藤右衛門と大門隼人さまに顔を晒《さら》し、自分を襲わせるように仕向けたのか」

「はい。あっしを殺す寸前なら、冥土の土産に真相を語ると思いました」

「万が一、わしがいなかったら、そなたは……」

「そのときはそのときと覚悟は出来ていました」

「寺の築地塀の陰からわしの動きを確認したのか」

「はい。そのとおりです。ですから、安心して寮を訪れることが出来ました」

岡太郎はいきなり手をついて、

「青柳さま。おかげで親父の望みが叶いました。このとおりです。ありがとうございました」

深々と頭を下げていた。

その翌日、剣一郎は本郷に住む忠兵衛の妻女お豊に会いに行き、忠吉の話をして、忠兵衛の汚名が雪がれることになったと伝え、さらに数日後、剣一郎は岡太郎を伴い、改めてお豊に会いに行った。

離れの部屋にいたのはお豊に忠太郎、お糸、そして忠三郎だった。他の兄弟はそれぞれ奉公先を抜け出せなかった。

「忠吉だ」

剣一郎は一同に引き合わせた。

「忠吉です。お久しぶりでございます」

忠吉は挨拶した。

「忠吉、十何年ぶりか」

忠太郎が口を開いた。

「はい。十六、七年になります」

「おまえには可哀そうなことをした。許してくれ」

忠太郎は頭を下げた。

「とんでもない」

「青柳さまからなにもかもお聞きしました。忠吉さん、あなたのおかげで私たちも肩身の狭い思いから……」

お豊が涙ぐんだ。

「おとっつあんは忠吉を一番頼りにしていたんだな」

忠太郎がため息混じりに言う。

「いえ、あっしが大門隼人と藤右衛門の罪を暴くに一番ふさわしいと思っただけです。兄さんたちの手を汚《けが》させたくなかったのです。あっしなら、万が一失敗しても……」

「そうではない」

忠太郎は言う。

「おとっつあんは忠吉のことを不憫《ふびん》に思っていたが、それ以上に期待していたのだ。本音では、『大黒屋』を忠吉に継いでもらいたかったのだ」

「兄さん。それは違います。おとっつあんの遺言はこうでした。もし汚名を雪ぐことが出来たら、『大黒屋』を再興するように忠太郎に伝えろと」

「…………」

「おとっつあんは忠太郎兄さんに『大黒屋』の再興を託したんです。お願いです。兄さん、『大黒屋』を」

「忠吉。おまえがやるんだ」

「兄さん、あっしは商売に向いてません。どうか兄さんが」

「じつは、俺は米沢町の『三沢屋』の旦那から婿《むこ》に請われているのだ。俺はそれを受けるつもりなんだ」

「そうなんですか」

　忠吉は戸惑いながら、

「じゃあ、他の兄弟の中で」

「いないと思うな」

　忠三郎が口を入れた。

「忠太郎兄さん以外は皆『大黒屋』を追い出されたんだ。『大黒屋』に思い入れはない」

「いや、それは違う」

　忠太郎が否定した。

「殺しに兄弟の関与が疑われたとき、忠次郎たちは誰かが復讐に手を染めたのではないかと思い、自分に火の粉が降り掛かるかもしれないと恐れていたそうだ。だが、今はおとっつあんの汚名が雪がれたことを素直に喜んでいる」

「うちに訪ねてきたとき、おとっつあんはこう言っていた。早いうちから奉公に出して修業させて力をつければ、『大黒屋』の看板があるからどんなところにも婿に行ける。場合によっては、『大黒屋』の暖簾分けをしてもいいと。おとっつあんは皆の行く末を考えて、奉公に出したんだ。俺はそのとき、おとっつあんは子どもたち皆のことを考えているのだと思った」

忠吉は訴えるように言った。

「おとっつあん、そんなことを……」

忠三郎がしんみりした。

「そうだ。おとっつあんは八人の子どもたちは俺の宝だ。そう言っていたんだ」

「忠三郎兄さんが『大黒屋』を再興させれば」

お糸が言う。

「だって、忠三郎兄さんはおとっつあんをとても恨んでいたけど、それって恋しがっていることの裏返しでしょう。おとっつあんのためにも忠三郎兄さんが」

「それがいいかもしれないな」

忠太郎が言う。

「まあ、これからはじまるお白州で、『香取屋』の藤右衛門の罪が裁《さば》かれるだろう。そしたら、今度は『香取屋』が闕所になろう。『香取屋』の土地、屋敷は競売にかけられ、それをそなたたちが買い取るという形で返還されるようになると思う。それまでに、皆で集まり、どういう形が望ましいか、考えることだ」

剣一郎は口をはさんだ。

「わかりました。そういたします」

忠太郎は言い、

「忠吉もいっしょに考えてくれ」

「あっしも？」

「そうだ。兄弟だ。俺たちは八人兄弟じゃないか」

「ありがてえ。でも、あっしは、じつはお裁きを受けなくてはならないことが……」

「忠吉」

剣一郎は声をかける。

「白ネズミのことを言っているなら無用だ。どこからも被害の届けは出ていない。奉行所もそのような事実は把握していない」

「青柳さま」

「そなたたち、八人兄弟、力を合わせて『大黒屋』を再興させるのだ」

「ありがとうございました」

忠吉は深々と頭を下げた。

「わしはこれで失礼する。あとは、そなたたちの問題だ」

剣一郎は腰を上げた。

本郷通りに出たとき、横に太助が並んだ。

「聞いていたのか」

「すみません。気になって。でも、よございました。岡太郎、いえ忠吉さん。『大黒屋』の兄弟として受け入れられて」

「どうした、太助。なんだか、しんみりしているが」

「いえね、あっしにもどこかに兄弟がいてくれたらと。ふと、そんなことを思ったら……」

「寂しくなったのか」

「いえ、別に」

「太助はもはや青柳家の家族と同じだ」

「へい。ありがてえ」

太助は目尻を拭《ぬぐ》って明るく言う。

湯島聖堂《ゆしませいどう》の木々の緑は濃く、初夏の陽射しを浴びて光り輝いていた。昌平坂を下ったとき、あっと太助が昌平橋のほうを指さした。

礒島源太郎と大信田新吾の見廻りの一行が橋を渡っていた。新吾もすっかり元気になっていた。剣一郎はその一行のあとを追うように橋を渡った。

一〇〇字書評

切り取り線

寝ず身の子

購買動機（新聞、雑誌名を記入するか、あるいは○をつけてください）

□（　　　　　　　　　）の広告を見て	
□（　　　　　　　　　）の書評を見て	
□ 知人のすすめで	□ タイトルに惹かれて
□ カバーが良かったから	□ 内容が面白そうだから
□ 好きな作家だから	□ 好きな分野の本だから

・最近、最も感銘を受けた作品名をお書き下さい

・あなたのお好きな作家名をお書き下さい

・その他、ご要望がありましたらお書き下さい

住所	〒				
氏名		職業		年齢	
Eメール	※携帯には配信できません	新刊情報等のメール配信を 希望する・しない			

この本の感想を、編集部までお寄せいただけたらありがたく存じます。今後の企画の参考にさせていただきます。Eメールでも結構です。

いただいた「一〇〇字書評」は、新聞・雑誌等に紹介させていただくことがあります。その場合はお礼として特製図書カードを差し上げます。

前ページの原稿用紙に書評をお書きの上、切り取り、左記までお送り下さい。宛先の住所は不要です。

なお、ご記入いただいたお名前、ご住所等は、書評紹介の事前了解、謝礼のお届けのためだけに利用し、そのほかの目的のために利用することはありません。

〒一〇一—八七〇一
祥伝社文庫編集長　坂口芳和
電話　〇三（三二六五）二〇八〇

祥伝社ホームページの「ブックレビュー」からも、書き込めます。
www.shodensha.co.jp/bookreview

祥伝社文庫

寝《ね》ず身《み》の子《こ》　風烈廻《ふうれつまわ》り与力《よりき》・青柳剣一郎《あおやぎけんいちろう》

令和 3 年 4 月 20 日　初版第 1 刷発行

著　者　小杉健治《こすぎけんじ》
発行者　辻　浩明
発行所　祥伝社《しょうでんしゃ》
東京都千代田区神田神保町 3-3
〒 101-8701
電話　03（3265）2081（販売部）
電話　03（3265）2080（編集部）
電話　03（3265）3622（業務部）
www.shodensha.co.jp
印刷所　堀内印刷
製本所　積信堂
カバーフォーマットデザイン　中原達治

 ISBN978-4-396-34723-9 C0193

祥伝社文庫の好評既刊

小杉健治

灰の男㊤

B29を誘導するかのような放火、空襲警報の遅れ——昭和二十年三月十日の東京大空襲は仕組まれたのか⁉

小杉健治

灰の男㊦

愛する者を喪いながら、歩みを続けた昭和の人々への敬意。衝撃の結末が胸を打つ、戦争ミステリーの傑作長編。

小杉健治

偽証《ぎしょう》

誰かを想うとき、人は嘘をつくのかもしれない。下町を舞台に静かな筆致で人の情を描く、傑作ミステリー集。

小杉健治

泡沫《うたかた》の義　風烈廻り与力・青柳剣一郎㊹

町娘を死に追いやった旗本《はたもと》、強欲な金貸し……襲われたのは全員悪人。真相を追う剣一郎に凄惨《せいさん》な殺人剣が迫る。

小杉健治

宵《よい》の凶星《まがぼし》　風烈廻り与力・青柳剣一郎㊺

かつての相棒、今は義弟の男・文七《ぶんしち》が窮地に！　必ず救う——剣一郎は巨悪の根源・幕閣《ばっかく》へと斬り込む！

小杉健治

虚《うつ》ろ陽《び》　風烈廻り与力・青柳剣一郎㊻

好敵手、出現！　新進気鋭の北町与力水川秋之進の狙いとは——。剣一郎を狡猾な罠が待ち受ける。

〈祥伝社文庫　今月の新刊〉

小野寺史宜
ひと
人生の理不尽にそっと寄り添い、じんわり心にしみ渡る。本屋大賞2位の名作、文庫化！

樋口有介
平凡な革命家の死　警部補卯月枝衣子《うづきえいこ》の思惑《おもわく》
ただの病死を殺人で立件できるか？　火のないところに煙を立てる女性刑事の突進！

水生大海
オレと俺
何者かに襲われ目覚めると、祖父と〝入れ替わって〟いた!?　孫とジジイの想定外ミステリー！

大下英治
映画女優　吉永小百合
出演作は一二二本。名だたる監督と俳優達との歩みを振り返り、映画にかけた半生を綴る。

岩室　忍
初代北町奉行　米津勘兵衛　弦月《げんげつ》の帥《すい》
家康直々の命で初代北町奉行となった米津勘兵衛の活躍を描く、革新の捕物帳！

武内　涼
源平妖乱　鬼夜行
血吸い鬼VS.密殺集団。義経、弁慶、木曾義仲らが結集し、最終決戦に挑む！　傑作超伝奇。

長谷川　卓
鳶《とび》　新・戻り舟同心
老いてなお達者。凄腕の爺たちが、殺し屋どもを迎え撃つ！　元定廻り同心の傑作捕物帳。

小杉健治
寝ず身の子　風烈廻り与力・青柳剣一郎
旗本ばかりを狙う盗人、白ネズミが出没。名前を捨てた男の真実に青柳剣一郎が迫る！